林森——著

唯水年轻

译林出版社

图书在版编目（CIP）数据

唯水年轻 / 林森著. —南京：译林出版社，2024.1
ISBN 978-7-5447-9912-6

Ⅰ.①唯… Ⅱ.①林… Ⅲ.①中篇小说—小说集—中国—当代
Ⅳ.①I247.5

中国版本图书馆 CIP 数据核字（2023）第 185628 号

唯水年轻　林　森／著

责任编辑　黄文娟
装帧设计　尚燕平
校　　对　王　敏
责任印制　单　莉

出版发行　译林出版社
地　　址　南京市湖南路 1 号 A 楼
邮　　箱　yilin@yilin.com
网　　址　www.yilin.com
市场热线　025-86633278
排　　版　南京展望文化发展有限公司
印　　刷　徐州绪权印刷有限公司
开　　本　850 毫米 ×1168 毫米　1/32
印　　张　6.625
插　　页　4
版　　次　2024 年 1 月第 1 版
印　　次　2024 年 1 月第 1 次印刷
书　　号　ISBN 978-7-5447-9912-6
定　　价　68.00 元

目录

唯水年轻

龙宫

这次回乡，是接了个活儿，去拍那片有些浑浊的海。摄影还未正式开始，我跟两个队员一起划着船，在水面上寻找合适的拍摄点。晨色笼罩，船身尖锐如刀，切割荡漾的水面。我正盘算着下水后该怎么拍，便听到了曾祖母过世的消息——摄像机和我的眼睛都得闭上，螺旋桨转向，小船掉头……我得奔丧去。房屋、石磨、石棺……以海岸线为对称轴，岸上的一个个渔村，倒映在海面，海里也有一个个村庄，只不过那里毫无人烟，而是鱼虾的聚集地。很多年里，那片龙宫是我的谜，也是渔村所有人的谜。龙宫之上覆盖着的那片海，我是熟悉的，虽然对于小时候的我来说，那是一处禁地——当伙伴们扑打着水花，游向传言里的龙宫，我只能在岸上，用目光追逐他们踢出的水花。当然有忍不住的时候，我扑进苦咸苦咸的海水，双臂旋舞，双脚踢夹，可还未真正潜入水底看一眼，换来的，便是父亲用绳索绑住我的双手，把我悬挂在一棵木麻黄树上。几分钟后，绳索捆着的地方，从痛变得麻木，最终，上半身都不属于自己了。很多年后，我好像还能在手腕上看到绳子的印痕，看到当年的夜晚：海风让悬挂着的我失控，月光在水面上碎成银光。我被悬着，有时会想，会不会忽然有高大的身躯从海上立起，月光像水银一般从他的头顶倾泻而下？海神……顶天立地的海神……并没有身躯立起，可海面下不绝的涌动，是不是他在潜游、叹息和伺机而动？那么多年里，打骂和拦截，没能让我完全隔绝于那片海。

小船折返，渔村扑面而来，我很少以这个角度看我们村。是的，这些年，我潜过很多地方的海：出海，又从永不止息的海里返回岸上，可那都是别处的海——甚至有不少国外的海，我何曾这么看过这个渔村呢？我成了一名水下摄影师，家人完全没想到。有时拍摄结束，倦怠感袭来，我在异国他乡的海边酒店里躺着，潮声不歇，我头脚颠倒，心神不宁，夜色把我往海底压——倒也不是孤独，而是感到荒谬。因为这工作，父亲几乎成了我的死敌，有一回我携带摄影设备回渔村，设备差点儿被他摔坏，还是曾祖母斜站在门槛那儿，用冷冷的眼神，抢回了我吃饭的家伙。由于我的曾祖父和祖父都消失于茫茫大海，曾祖母不让父亲下海，父亲则不让我下海——出海成了我们家的禁忌。

小时候，父亲打我的轻重，与我跟海水的距离成正比。父亲盘算过村人口中的那些魔咒般的风言风语，他避开了，可他害怕会转移到我身上。我一直被他强按住读书，可我最终学了美术，毕业后在北京宋庄待过两年，有半年时间不间断地看画展，把自己看得反胃了，再也画不出来——我就拿着相机乱拍。也不知怎的，我忽然就开始拍海底，画面里尽是些鱼虾蟹贝和水草珊瑚礁。在中国，搞水下摄影的人并不多，我接到的活儿不少，许多地理杂志、手机公司都找到我……水下摄影师的稀少，很大程度上缘于很多摄影师水性不行，我无法想象，一个出生在西北黄土高坡上的摄影师，可以扛着机器在海底游弋。而我即便在父亲的拳打脚踢下，潜藏在骨子里的水性也还是超过大多数人。我起先并没有跟家人说我拍的是水下景物，他们觉得我不好好在一个单位朝九晚五，是个朝不保夕的无业游民。后来是省内一家报纸在京城的一个摄影展上采访了我，有些人拿着报纸找到父亲的饭店，向他竖起大拇指，我才暴露了。若不是我远在北京，父亲几乎就要操着饭店里的砍骨刀翻山越海追杀而来。从那之后，我和他的关系成了拉紧的弦，稍有不慎就会绷断。每年春节返乡过年，他差不多天天跟我摆擂台。他反复挂在嘴边的那句话是："你做什么不好，为什么一定要下水？"每到这时候，曾祖母就用她的拐杖敲敲门板："我们家的人，离得了水？这些年，你不也靠海吃海？"曾祖母指的是，父亲的那家饭馆是一家海鲜店。父亲看着我的强援，把别的话尽皆活埋。

可现在，我的强援永远离开了。

打电话告诉我曾祖母过世的，是父亲。当时我在小船上晃荡着，信号不是太好，风声灌耳，我接了之后，有一阵没听清，就挂断了。接着铃声又持续地响起。这情况太少见了，父亲很少主动给我打电话，有时不得不找我，也是母亲用她的手机拨通后，一阵闲聊，才试探性地说“可能你爸有什么事”“跟你爸说两句”之类，把手机递给他。父亲的连续拨打，让我心生慌乱，只好接了。他的声音在风中起伏：“你在哪儿？”我心想他是不是听到我回来的消息了，为避免后面的拍摄麻烦不断，我含糊着说：“爸，忙着呢……”那头提高了声音：“我不管你现在在哪儿，能多快就多快，赶紧回来。你——曾奶奶——过——了！”手机掉到船板上，发动机带动的船桨击水的声音，也没能压住父亲从手机喇叭中发出的吼叫。

回来这两天，为了避免跟父亲起冲突，我没跟任何熟人提及，把故乡当异乡，晚上住县城的旅馆，白天就准备着拍摄事宜。今天这一大早，晨色尚未从海面上褪尽，便听到了这个消息——我最后悔的，是没能回老家见见曾祖母。让小船回返时，队员不清楚发生了什么，可他们也看出了我脸色陡变，拍拍我肩膀，没说什么。小船靠岸，阳光晒得沙滩发白，好像那不是沙子，而是白花花的盐，眼睛一瞄就被刺伤。对，就是这种白，独属于我们渔村的白，即使看过多个国家不同的海，这里也是独一无二的，这熟悉的热和白，把我掳回旧日。在这里，我闭上眼睛也能走回自家的院子。在密密麻麻的椰子树的掩映下，海风长年灌入，院门如风洞。

家里的十几个人站在院子里，都眼眶泛红，有人眼角的泪还没擦干。估计没人想到，父亲打电话过后不到一个小时，我就回来了。他们眼睛齐刷刷瞪着我，嘴唇颤动，想问什么话，又没有发出声来。我知道他们想问什么，直接说:“省里有个任务，我刚好回来了。”母亲抹抹眼，拉了拉我的手，她也知道我最想问什么，低声说:“你爸送菜回来，没看到你曾奶奶起来，推门就……昨天我回来，看她还好好的……”父亲的饭店开在镇上，家里人都在镇上住着，可曾祖母坚持住在渔村里，年过九十的她，没什么病痛，还能每天自己煮饭。家里人每天送肉送菜回来，帮她忙好一些事，又会返回镇上。今天父亲回来，看到她已经……我们永远没法知道她咽气的具体时间了。

家里人自动分开，父亲走到一边的台阶上蹲下，把一支烟塞进嘴角，发抖的手滑动打火机。曾祖母就从分开的缝隙里显露出来。一块木板放在屋子中间，铺着白布，曾祖母躺在上头。堂前八仙桌上，烧香点烛，熟悉的呛鼻味。我走到八仙桌前，取出三根线香，在燃着的蜡烛上点着，插进香炉，跪拜在曾祖母面前。我眼前一片模糊，水雾遮挡眼睛，我试图看清楚，但仍被过滤了一些，只见到曾祖母脸色平和。她嘴角微翘，好像是笑，好像昨夜到来的死亡，是她期待已久的节日——是的，对于在时光中空耗那么多年的她，这一刻，是值得欢喜的一刻。她昨夜躺下之前，会不会已经知道这一刻会到来？她不像死去了，灰色还未笼罩她的脸，她的手好像还能握紧拐杖，顶向地面，在沙地上留下一个个印痕。

可能我的突然出现，打乱了家里人的计划——在他们的计划中，我至少要一两天才能赶回，他们还有时间安排曾祖母的后事，可我“说曹操曹操到”，倒给他们出了难题：如何快速而妥当地把曾祖母葬下，让人手忙脚乱。我们这个县，尤其是附近的村子，人无论活着时多么尊贵，一旦过世，便迅速“贬值”，人人唯恐避之不及，村人很快躲避开，直到逝者下葬后，村里才渐有人烟。所以，无论谁家有人过世，族里人几乎都是当日便把人葬下，极少有停灵守灵之说，若有人因外出奔丧不及，至多宽限一两天便葬下。这习俗的由来，有老人往前推到清末，说是一场大瘟疫带来的心理后遗症。据说当时鼠疫横行，人都是断气即埋，迅速逃离坟坑，哪还敢停灵守灵。此时，村人已经撤光了，留下一片空荡荡，无数双耳朵正等待我们家出殡的声响。

父亲召开家族会议。因曾祖母前几年就过了九十，坟地也是她早就选定的，这就从容了一些。眼前最紧要的事有两件，一是去请主持葬礼的师傅公，安排葬礼的各个环节；二是得迅速下海，到海边水下的“龙宫”里，捞上一个什么物什，好随着棺材一同埋下。第一件好办，一个堂兄自告奋勇去邻村请人了；第二件，则是我们迫切需要解决的。某一年，村里有一个老渔工在逝世前交代，让儿孙下葬他时，把他从海边“龙宫”里捞起后一直丢在院子里的一块石磨随他葬下，这习俗便逐渐传开了，人们在葬礼时，总会埋件水里的什么东西才安心。这事，当然由家里的男丁负责。

“我下水！”父亲绷紧的神经一直没放松，这话好像是出征前的壮胆。曾祖母那么大年纪了，他心里早已预演过多次她的过世，可下水这件事，终究是他的心结——毕竟，他躲避海水躲了一辈子。父亲越是信誓旦旦，我越看出他的胆怯，若不是悲伤覆盖，我可能会笑出来。我说：“爸，我去吧。”父亲说：“你觉得我不懂水？”我说：“你是不懂水。这些年，我潜了全世界的海……”说到我的工作，父亲的脸又黑了。我说：“爸，要是你今天没给我打电话，我也会下水的，我这次回来，就是下水拍东西。反正都是要下去的，我来吧，你在水池子洗个澡都手脚发硬……”

父亲沉默了。作为曾祖母的孙子和曾孙，他和我是她最亲的人了，这任务只能由我们来完成。而即便他随时都有着对我没来由的暴怒，他也觉得我比他更适合下水。当然，在他心里，最适合下水的是他的父亲——那个早已消失在各种语焉不详的传说里的水手。绷紧的脸皮松弛了下来，他长叹一声：“别捞太重的，随便捡块轻便的就行。”轮到母亲脸色变得难看了，她是担心即将下海的我。父亲猛地站起来：“你下水吧。我带两个人去县城，把寿衣、棺材和香烛买回来。”

我的潜水证不是在国内学的。当时跟一个友人一同报了名，还没下海，教练还只是在泳池里跟我们讲换气和手势，那朋友热血上头，从泳池边上扑进水中，力道太猛，撞破了额头，鲜血不断涌出，他的潜水之旅便停止了。后面，天气不太好，我跟着教练下海时，海水浑浊不说，荡漾的海水把我的胆汁都摇出来了。看到眼前漂浮着的呕吐物，我特别羡慕那个在泳池里撞破头，此时正在沙滩上享受海风的朋友。小时候父亲的棍棒没能阻止我下海，可我也从没潜入过故乡的这片海。

接到省里的这一拍摄邀请之前，我查看了一些别人拍的照片和视频，也查看了一些文字材料。那些照片和视频，勉强可看而已，并不太讲究，可画面上那些水底的房屋、石磨、牌坊、石椅甚至碗碟等，还是冲击着我的心。所有的照片都在告诉我，这里，曾有人生活过，但，海里当然是没法住人的，谁会来修建这些水底建筑呢？我当然不会像村里的老人传言的一样，把这里当成龙王的宫殿或者一个海南岛版的亚特兰蒂斯；这当然也不是什么人修建的海底墓群……事实上，这时代搜索太方便，一些古旧的文字资料，若隐若现地揭示着水里的真相。

队员给我备好了潜水的装备，虽然这一趟另有任务，我还是带上了一个轻便的照相机。入水的一刻，随着水压的加重，我浑身松懈了下来，曾祖母过世的悲伤，暂时被海水隔绝开了。太阳光穿透海水，在水中形成各种光纹，像围绕在我身边的结界。很奇怪，此时我彻底安静下来了，好像这是独属于我的空间，给了我莫大的安全感，婴儿在母体里也是这样的吧？这种感受很难说清楚，我并非那种害怕见人、恐惧喧闹的人，可这些年我一次次穿着潜水服、背着氧气瓶、咬着呼吸器、扛着相机下水，倒真不仅仅是为了谋生，而是在海水里，我可以变得更加自在，心里也更平静。对我们家来说，“水”是诅咒，可我没法摆脱，得一次次躲进水的包围圈。

此时的能见度不错，海水却依然有些浑浊，越往深处，越是看到各种淤泥漂浮。潜到八九米的时候，隐隐约约中，出现了传言中的龙宫。一排排残破的墙，倒塌在水中，往一侧潜游，还看到了石块垒成的水井。牌坊是保存得最完整的，毕竟它们都是以巨大的石块雕成，靠近之后，能看到上面雕刻的各种花纹。已在照片和视频上看过类似的画面，可当它们活生生出现在我眼前时，即使被水环绕，我也还是觉得身体在燃烧。各种石块，被淤泥、海藻覆盖，可它们仍倔强地显露着自己。有不少没完全倒塌的石楼，我穿行过去，进入另一个时空。以往，我在水下拍摄，镜头和眼睛多是对着珊瑚礁、游鱼和水草，那些活物里，藏着大多数人对海底的想象。而此时，当这些毫无生气的石头出现，空荡荡之中，人是缺席的，可我好像又看到了人影憧憧。我没有打开相机——唐突的拍摄，对这一片水域的遗存，是一种不敬。我摆动双腿，在各种石墙里漂荡，把一切交给眼睛。

我没忘了自己是来干吗的，但我并不着急，我甚至找到一堵断墙，背轻轻地靠着，我需要在这里静坐一会儿。如果有人此时从我的头顶游过，看到我以某种怪异的姿势，在这海底的断墙边入定般坐着，他会不会吓破胆？他会不会以为看到了神话、漫画中的海底之人？多少年前，这墙还未断，还未泡在水中时，这里应该住着一对夫妻，他们在屋内讲过悄悄话；老迈的慈母，也曾站在这堵墙前遥望儿孙远行，挥舞的手折回，擦了擦眼角的潮湿……来不及再乱想，在氧气变得稀薄之后，我伸出手，在断墙上摸索着，抓到了块什么，已经被青苔覆盖，也没看清，不管了，缓缓释压，上浮。回到小船上，队员帮我卸下装备，我湿漉漉地呆坐着，任由海风袭来。两个队员不敢多问，别说他们，连我也不知道此时自己在想什么。

我呆呆地看着拿上来的那块东西，不知道合不合适陪曾祖母下葬——那是一块石杵。

父　亲

父亲是真的没水性。

海在那里，荡漾的海面就是最大的诱惑。父亲不是没有过沉迷游水的年纪，可在村里，他是没有玩水的伙伴的。每一个与他年纪相仿的少年，都受到了家里的警告，不能跟他一同下水，否则打断腿——把一个祖父、父亲都消失在海里的人拉下海玩水，没人可以承受可能出现的意外。即使没有别人整天盯着，父亲也觉得海水有一股把他往岸上推的力道，有一圈拒绝他靠近的防护罩，当步子移到离海水还有二十米的时候，他的小腿开始颤抖，小腿内侧、后背冒涌细微的汗珠，麻痹感增强，他不得不后退到一个安全距离，望着日光在海面上碎成闪耀的金黄——他想向前，却只能退后，退到一个让自己痛哭的距离。当眼睛被苦咸苦咸的液体浸泡，眼角一阵黏糊糊，他没法分辨，这液体到底是咸风携来的海水，还是涌发自他枯竭的眼眶。

对他来讲，海水是一张巨大的口，随时要把他吞噬。我不知道当年曾祖母给他灌输过什么念头——或者，根本不需要，村人的传言，就足以把一个个宿命般的说法悬在他的头顶，毕竟，虽然他的祖父、他的父亲出海的理由不一样，但他们都是从海上消失的。对于海水，他有着本能的恐惧。即便恐惧，他会不会也幻想过，有一天跳到海水中击浪呢？或者，他会不会想去探寻他的祖父、他的父亲，到底是如何消失在海上的？海边人家，倒追起来，家家户户都有人葬身海底，那种全家好几代都能从海上安然归来的，反而是极为罕见的奇迹；即使如此，曾祖母的男人、儿子全都出海未归，面对着她唯一的孙子——我的父亲——要说她不担心他下水，又怎么可能。她越是长寿，越是以不健壮却足够坚韧的身体抵御时光和海风的侵蚀，别人看她的眼光便越是怪异——好像她以多次击退阎王后的长寿，熬死了家里所有的男人。

在村里的年轻人都随船往外走的时候，父亲闷着头，在自家面积不大的田里耕种。船在港口靠岸后，从渔船归来的年轻人相互簇拥着，犹如过节。船上狭窄的空间，限定了他们的步履，虽然他们可以在海水中划游，但那种摇晃与动荡，总是没那么踏实安稳，他们要回到岸上之后，才把憋在身体里的一切发泄出来。父亲也会被他们拉上，他不是太愿意参加这些聚会，但架不住那些人黝黑有力的手臂。在鱼肉焦香、鱼汤翻滚之时，父亲耳边充斥着从同龄人口中吹出的海浪和风暴。父亲闭口不言，可耳朵没法闭，话语的浪花四溅，让他有些晕。父亲的左额头上有一块清晰的疤痕，像一个畸变的“逗号”——那是他年轻时，有一回跟那些海上归来的水手吃喝后留下的痕迹。以父亲后来嘴巴锁死的脾性，他当然没有仔细跟我讲过这件事，可从曾祖母的叹息中，从其他人的唾沫星子里，当年的画面也不难拼贴出。不外乎酒多话多之后，水手们喷着酒酸鱼腥，开始打赌，开始耍横……到了最后，不知怎的，目标就落在了父亲身上。有人嘲笑父亲是个旱鸭子，一辈子躲着水。父亲并不反驳，他点头哈腰：“是是是……我不下水……”他的服软，并没平息水手们的骚动，有人喊了一句：“把他丢水里，看看他是不是真不懂！”父亲想跑，已经被抓牢手臂、举起，离开了那个杯盘狼藉的院子，迎向跳跃着的海风。任父亲如何扭动，他也没法从那一双双铁钳里挣脱出来，他恐惧的呼喊，更放飞了那群被酒精麻痹的水手们。他被高高抛起，重重地落入海水之中。夜里潮汐上涨，水虽不深，父亲乱舞手臂乱踢腿脚，沉得很快。水手们指手画脚，看父亲在水中扑腾却总是没法往岸上走，笑声更大。等父亲的动作变小，身躯没入水里，水手们的笑声才变静了，惊慌爬上他们的脸。有人说："还真不懂？"立即有好几个人扑进水里，把父亲拖了上来。当时他的额头已被水里的硬物磕碰，正冒血，没下水的人慌忙脱了上衣，绑住伤口——那疤痕一直没消。对父亲来说，这疤痕不是什么坏事，至少，水手们不会觉得他的不懂水性是装出来的了；甚至，有人不再炫耀出海，开始叹气，跟父亲说起海上的种种不易，船太小，海面和天空太大，风暴无常，吞噬一切……说着说着，还哭起来，得父亲反过来安慰他们。

20世纪80年代初期结婚之后，母亲连续生了两个女儿，父亲和曾祖母都慌了，据说曾祖母暗地里拜访了很多民间的"大神"，祈求给家里留一个男丁。而母亲生下两个女儿之后，已被计生人员盯上，怀上我的时候，母亲和父亲疯狂地"吵"了一架，躲回娘家。后来又悄悄去了一个远房亲戚家躲着，直到我生下来。计生人员见我母亲长期不在，已有所察觉，但父亲一见到他们，便拉着他们诉苦不断："你说，不就是吵吵架，怎么……人就不见了？丢下这俩女儿……"说得别人眼睛先红了。村里的年轻水手们，每次回来，就给他丢几斤鱼虾蟹，让给女儿们尝尝鲜。直到我生下来，生米成熟饭，计生人员也不能把我捆了手脚扔海里，只是立即把母亲拉去结了扎。后来计生人员多次上门，曾祖母倚老卖老不断周旋，该罚的也罚了，该捅的屋顶也捅过，这事算是过去了。

后来海南建省，热闹得很，父亲也跑到省城找机会。那时满大街全是夹着皮包的人，有人昨晚还睡街头，醒来就成了百万富翁。父亲谨小慎微，水都不敢下，更不可能在这种时代浪潮中捞到什么，也不过是帮人打打杂跑跑腿，拿点儿辛苦钱。后来看到身边熟悉的人，暴发的有，死于非命的也不少，他总觉得好像自己也会跟某些传言里的人一样，不是死在街头就是被麻袋套住丢进海里。他慌乱乱地攒了点儿钱，就回到村里。可他发现，在省城时间虽然不久，可自己已经没法适应干农活了，便到镇上买了一块地，开早餐店卖米粉，米粉店后来成了三餐都开的饭店。

我在那个时候，跟着家人到镇上生活。当时家里的最大问题是怎么劝曾祖母一起住到镇上。那时，曾祖母已经变得无比随和了，也跟着到镇上生活了一段时间，可两个月后，她还是迁回村里了。在那两个月里，她极力适应，可没办法，她完全没法入睡，到了白天，头发大把大把地掉，人像漏气的皮球，一点点变小、变皱。父亲先开口了："奶奶，要不，还是回村里？"曾祖母摇摇头。两个月后，瞧着曾祖母越来越脱形，父亲知道拖延不得，直接找来一辆车，把曾祖母和她的衣物，全载回了村里。当时我还小，可多年之后，我仍旧记得她伸出手摸了摸我的耳垂："你会回村里看曾奶奶不？"我说："我不想上学。我想回村里给曾奶奶煮饭……"

那时的父亲母亲，就是移动的厨房，身上的油烟味盘旋在我的少年时代。每睁开眼睛，他们便在饭店里忙，除了衣裤，我甚至怀疑，油烟也渗入他们的肌肤，每晚无论怎么搓，无论擦多少肥皂冲多少洗澡水，他们的身体都裹着一层油腻，蚊子落脚都会打滑。我甚至怀疑过我身上也这样，不然为何有时同学们看到我走过，便不自觉地挪动脚步，甚至还有人抽动鼻子？我就是在那个时候，和父亲开始闹僵的。我常常从镇上跑回村里，悄悄和伙伴们浮游在海边，发现后的父亲无论多暴怒，无论用多少回的吊打，也没能阻止我一次次往海里跳——在父亲和母亲的眼中，我肯定会把自己的命丢在海里。母亲有好多回对着我叹气——我离她越来越远，终将消失于她的视野。当时的我，并不觉得自己有多叛逆或者说故意找碴，可能我的想法更单纯，只想用海水一遍遍洗掉我身上也挥之不去的油烟味；洗不掉，那就蒙上一层海盐的咸腥，以一种难以忍受的气味，覆盖另一种难以忍受的气味。

日子在镇上稳定之后，父亲也难免有出神的时候，他也曾在别人的鼓动之下，出过一次海。那是一条出近海的小船，大半日即回。这一次之后，父亲再不敢提出海的事，有人忍不住问他怎么样，他绷着脸没回答。后来，有人从船家那里套到了话，说是父亲从上船开始，就眩晕呕吐；船远离岸边，周围一片蔚蓝的时候，他已经没东西可吐，只是干呕。船家被他吓到，他们见过晕船的人，但晕到这程度的也是罕见，匆忙返回，连网也没撒。父亲觉得误了船家一天工，心有愧疚，点头哈腰把人家请到店里喝了几次酒。这一次之后，父亲彻底死了心。我怀疑，父亲那么痛恨我下海，除了那个笼罩在我们家男人身上的"诅咒"，还有他对自己无能的不甘，有对我水性太好的嫉妒成恨。即便如此，大海的诱惑在他心中也未全然熄灭，他对海水如此痛恨，又在某种想象中，做着征服大海的梦。

我也是在好多年后，才知道父亲并没有我想象中那么软弱，他也曾试图战胜恐惧，用自己的方式接近他所畏惧的大海——比如，他之后与人合开过水产养殖场。当时我们家在镇上稳定下来了，赚得不多，但饭店一开，每天的收入也是看得到的。父亲想与人合开养殖场，母亲几乎闹得要离婚。和母亲进行几次"战争"之后，父亲还是把不少钱投入进去了。起初的两三年里，父亲基本放弃了饭店的生意，母亲成了掌柜。父亲时不时往海边跑——那是一个海湾，他和别人投资的网箱都在那里——沉在海水中的网箱，游着投放的鱼，也游着父亲关于大海的梦。那时的父亲，话最多，他每次开口，都是"我们那水里……肯定……"那两年里，父亲几乎说完了一生的话，他滔滔不绝，全是关于水里的鱼虾。我能感觉到母亲的不安，可她没能寻出不安的根源，没能在父亲话语不绝的时候，送出干脆利落的反驳。那两年，养殖场确实赚到了些钱，也带动了饭店生意，养殖场直供店里的鱼虾，鲜活不说，也比别家店要便宜得多，母亲这掌柜开始当得乐呵呵。转变出现在父亲参与养殖场生意三年多接近四年的时候，那年夏秋之交，台风将至的消息一直在收音机里蔓延，父亲变得无比焦躁，我们整天看不到他——他在养殖场准备抗击台风。所有的准备，后来被证明都是徒劳，那场风太大，从海南岛东面扑来，席卷了一切，所有的东西，都朝西面倒下。

台风过后，父亲病倒了，人只剩下一副骨架，一年多没恢复过来。那一年多，父亲是和某种药味联系在一起的。曾祖母住到了镇上，每天给父亲熬药，她时常伸出带着药味和柴火烟熏味的手，摸摸我的额头。在曾祖母的只言片语里，我知道了父亲在养殖场的投资，被台风席卷而去，他们为抗击台风而做的准备，也全都葬进去了。父亲还好，人病了，在药汤的呼唤里，算是捡回一条命，与父亲合伙的那个人，所有身家都丢在这场风里了，没熬过去，趁着家人不注意，给自己灌了半瓶农药，人也没了。曾祖母像是无意中说着这些，又不时提醒我："你啊，要看紧你爸，别让他出事了……"当时的我不明白，本不习惯镇上生活的曾祖母怎么在镇上待了那么久，后来想通了，她是要盯紧她的孙子，不让其毁灭于一场台风的尾韵。

那也是曾祖母跟我相处最多的日子，即使镇上不如村里让她舒坦，她也仍会每天醒后，把自己收拾得干干净净，头发梳理得丝毫不乱——她是个骄傲的女人，还将继续骄傲下去。我也是在那时，听到她说她儿子我祖父的事，也听到她说曾祖父的事——在她口中，我祖父和曾祖父永远年轻，而且，曾祖父要更加年轻一些。曾祖父几乎在还算是少年的时候就离开她，于是，在她的记忆里，他是永远的少年。她有时也会看着我发呆，清澈的目光从她皱纹斑驳的脸上射出，我被看得不自在——她好像看的不是我，是另外一个人。

我年纪小，不懂安慰人，可我感觉到了她心中藏有太多不为人知的幽暗角落，月色清冷，无人光临——就像她一个人住的那空荡荡、只有咸风侵蚀的海边老家。有时，我几乎就要憋出几句什么话来了，几乎要懂得怎么安慰她了，她盯着我的目光却忽然变得温柔了——她又是在看着她的曾孙了。我快要憋出的话，瞬间消散了。她用手中的木棍撩拨炉火，药罐的盖子在气泡的咕嘟咕嘟中被顶起，中药的气味排山倒海。她褐色木藤般的手指，抚摸我的脸："以后，你不要老是下海游水了，别气你爸。他病没好呢，别再气他……"那中药味飘荡的一年多里，我好像再没下海，父亲靠着中药缓过来之后，没了心气，大海的诱惑再也没能抵达他。他心无旁骛地在小镇饭店的厨房里忙前忙后，油烟一天天熏着他，他一天天被包浆，身躯肥胖，肤色黑亮。

扬　波

我曾见过飞鱼。

当它们一只只跃出海面，开始滑翔——虽然滑翔的距离并不远——你便会有挥手和呐喊的冲动。是的，它们在海水的蔚蓝里，极力想逼近天空的蔚蓝。拍水下摄影这些年，我去过不少国家，见过各种各样的海。我曾到过挪威的西沃格岛上——这已经算是北极圈内了——暮色降临，水边的木屋灯光亮起，紧挨着的雪山闪着白光，有一种蓝消融在这天色里，倾斜的屋顶上积有残雪。在这里，我自然是不敢下水的，可这里也有渔船，渔夫们是如何迎着这些冰寒出海捕捞的呢？我很想多待一些时日，跟随当地的海上勇士们，在某种极限之冷中，想象我祖父在中国南海的烈日下迎战热风。我自然也去过马尔代夫，多次在海底拍过各种水下的生物，日光猛烈之时，水下十多米，仍旧能看清画面，我拍过那里的护士鲨——关闭了闪光灯，用自然光，镜头里有一种庄严的蓝，护士鲨自如的身姿，让带着沉重器械的我，顿感人之为人的某种无能。我在菲律宾的马尼拉遭遇过台风，看着风暴中的一棵棵椰子树几乎要被连根拔起，随风而去。风也把海边老家的记忆吹来，当年曾祖父，也是在海水中央遭遇并消失于这样一场风暴吗？马尼拉风暴之前两天，我还在夜里深潜，拍摄各种色彩斑斓的鱼，它们的长相没法描述，造物主把这些怪邪的“作品”都藏在光线不及的深海之下。我不会跟人说起，拍到这些生物之时，由于潜得太深，我脑袋眩晕，可海水的包裹让我不觉得危险，反而有某种奇特的温暖……我拍的照片在不少地方展览过——其实，也不知道从什么时候开始，去哪儿、不去哪儿，好像已经不由我自己决定了，拍摄邀约不断前来，若恰好踩中我的兴趣点，我答应后，邀请方便会安排好出行线路，我拎上行李和拍摄设备，赶往机场即可。起初，那些照片出现在那些高精度、大开本的摄影杂志上，我还是挺兴奋的，可很快也就习以为常了。在不少讲座、网络视频节目里谈到水底拍摄的时候，我没多少兴奋，倒是担心这些节目辗转被父亲看到后，引来他的轰炸。我时常能收到各家手机公司宣传部门寄来的最新款手机——如果他们的手机主打的卖点是防水和摄影。他们一般还会寄出合作的邀请函，希望我能用这款手机，拍摄一些能体现出其功能和卖点的照片。我答应过两家公司三款手机合作，我拍摄的一些水下照片，出现在那三款手机的发布会大屏幕上，也挂在其官网上，作为其宣传照。我逐渐不太接受此类合作，因为国内的手机更新速度太快了，若专门干这个，就做不了别的任何事了。而飞鱼，我就是用一款手机拍到的，有照片，也有视频，对视频进行剪辑、配乐之后，飞鱼震动水面、水珠弹射的慢动作，让那家手机公司在微博上吹嘘了小半年。

有一日，我在北京一家金融企业的总部举行的分享会上介绍海底摄影——也是奇怪，我参加得最多的，是各种企业组织的文化活动——海底生物的照片在幻灯片上一张张滑过，下面发出一阵阵“哇”声。活动结束后，参加活动的人纷纷来加微信，有一个微胖的中年人上来握手，说：“老乡好，老乡好。”聊了几句才知道，他叫Z，并不是海南人，可他在海南一个景区任高管。他说景区内有一片冷泉，什么时候我回去了，请我去拍拍他们那片冷泉的水底。当时正是父亲跟我关系最僵的时候，说起回乡，顿觉山高路遥，我说：“多联系，多联系。”之后，Z在我的微信朋友圈里特别活跃，几乎在我发出的所有照片下头点赞。有一年，他察觉我即将回海南岛过春节，飞机降落之后，直接把我载走，拉到他的那片冷泉周围，说不给他完成任务，就把我软禁，不放回家过年。已是深冬，又是冷泉，这一次拍摄真是把我折腾得够惨。冷泉的那汪水很浅，最深处也不过刚到脖子，在这样的水中，要想拍出Z所期待的唯美画面，角度就变得无比重要。幸好那两天日光挺好，水草和一些小鱼在画面中无比斑斓——当我打着喷嚏把一张张照片放给他看的时候，Z说：“你帮了我的大忙，你帮了我的大忙……”那个春节，我一直在感冒中度过，吃什么都觉舌尖麻木。听说了感冒的原因，父亲春节期间一直和我冷战，曾祖母没多说话，又是给我煮姜块红糖水，又是给我把甘蔗烤热，希望那些冒着热气的甜水，能驱赶我体内的寒气——那么多年，曾祖父毫无音讯，在某些身子有恙的日子里，她也是在甜水一遍遍的浇灌下，舌尖尝到一点儿甜味，才能活得下去的吧？

当Z邀请我回来拍摄龙宫，我第一时间想起那场感冒和父亲那从冬天阴到春天的脸，便说："我给你介绍一个朋友，他也拍得很好。"Z说："别人，我就不叫了，你再想想。"第二天，他在微信上给我回一句话："真让别人来拍，你甘心？"当天中午，我翻来覆去没法睡，掏出手机回了一句："你把我说服了。"倒头便睡。按照Z的说法，自海南宣布建设自由贸易区之后，他们公司也在加快布局、探索，在我们家附近的那片龙宫推出潜水游，便是其策划的一个新项目。按照他的计划，拟在此项目推出前，先准备一批海底的照片，搞一个摄影展，先声夺人，在媒体上疯狂宣传之后，再找几个网红来做潜水直播，如果那片海底龙宫随着直播镜头缓缓展开……哇……哇……哇——他用一连串的"哇"，代替了所有想象。

没想到的是，潜水拍摄还没开始，我得先送别曾祖母。

我从龙宫捞起来的那块石杵，被装在一个小盒子里，放入她的棺材之中。棺材从祖屋往外抬之时，村人果然全都跑空了，这是我们村最"绝情"之处。在以往，别家有人出殡，我们也照样远远跑开，按说早已习惯这场景，而终于轮到我们的时候，心中还是不好受——我们被抛弃、被别人恐惧，我们离死亡如此近，以至于别人只能和我们保持距离。村里人一少，回声就特别响，点燃鞭炮，吹起唢呐，那余音的一勾，让人惆怅。主持葬礼的师傅公走在前头，指挥着抬棺人，他让停就停，让快步就快步——空荡荡的村子里，他们走得曲曲折折，好像在闪避路上的什么东西。家人跟在后头，每走几步，就丢一挂鞭炮。理性告诉我，在此时应该悲痛，可我内心的真实感受，却是某种解脱——为曾祖母能够摆脱无边苦役而欣慰。活了九十四年，她当了七十几年寡妇，多少暗黑的夜，她是睁着眼睛熬过来的吗？

出了村子，往西是一个小山坡，是不少村人安眠之处。在走到进入山坡的路口时，师傅公一摆手，队伍停下，他走到父亲面前，悄声说了几句。父亲扭头，说："我们就送到这儿。"师傅公再次挥手，又一挂鞭炮炸响，抬棺的队伍继续往前，而我们家人就地等候。这是有着某种慈悲心的习俗——送行到此，下葬的事宜交给他们，就避免了亲朋的撕心裂肺哭断肠。等待的时间里，家人说什么话都不对，都沉默着；站着也疲累，就在路边蹲着，目光呆滞；也有憋不住的，掏出手机，闷着头刷起屏幕。我靠着一棵树，闭上眼睛，阵阵海风荡漾而来，穿过渔村，给鼻腔送来淡淡咸味。我们唯有安静地等，等师傅公叫人来传话，让我们去已经安葬好的墓地前。风声里，我听到了家人传出了第一声哭，是谁呢？我没睁眼看，接着有多人的声音此起彼伏混杂一块儿，我还是没睁眼。当眼睑没法阻挡洪灾，泪水超出警戒线，不得不睁开了，眼前迷蒙一片。四十分钟后，有人过来，说可以过去了。

新土尚湿，隆起的土坡，那就是曾祖母了。在她的左侧，是一个墓；她的身后，还有一个墓。那两个墓，往年的清明节，我都跟来扫过。曾祖母左侧的墓，是曾祖父的；她身后那个，是祖父的。这两个，全是空墓。而最先埋下的，其实是祖父，在我还远远未出生的某一年，他驾船出海，整船人只回来了几个，一片哭声之后，各家人都寻找出自家葬海之人的一些遗物，埋下以当坟墓。也就是说，好多年里，我随父亲祭拜的，是一堆空无一物的土。曾祖父的那个墓修建时，我还有点儿零星印象。曾祖父不是水手，也不是船长，他虽然消失在海上，却并不是随船捕捞的船员，他是乘船前往东南亚谋生，起先还和家中有联系，最终却杳无音信了。数十年里，曾祖母一直在等待着他的归来，可她活到九十四岁，也没有再听到他的消息。其间，无论别人怎么风言风语，她一直坚信曾祖父还活着，也从不给曾祖父安坟、立碑。小学时的某一天，天还没亮，我被曾祖母的抽泣声吵醒。家人都疑惑不解地围聚过来，她慢慢止住哭声，用手背抹抹眼泪，又捋了捋我的头发，说："你公祖过了。"她让父亲去找人张罗，把曾祖父的一些存放了数十年的东西葬下，我们也才知道，已经在她的记忆里完全模糊的曾祖父，重现在她的梦里，跟她告别。此时，新坟立起，曾祖母并没有跟她的丈夫和儿子真正"团聚"，她的身边和身后，仍旧只是两个空荡荡的土堆，她在另一个世界，仍得单枪匹马一个“人”。

点燃一挂鞭炮后，家人尽皆跪倒，师傅公喊道：“一叩首……”

Z摁着电脑的回车键，一遍一遍播放幻灯片。那是他之前找人拍的海底龙宫，也不是说拍得不好，问题在于，这些照片都显得比较暗。我判断有几个原因：一、拍摄时光线不足；二、用的并非专业的水下拍摄设备；三、摄影师缺少水下拍摄经验，只是把陆地上的拍摄习惯不假思索地迁移到水底，对水里瞬息万变的流动感把握不住。当作纪实照片来看看，也不是不行，可若是以这样的照片来吸引人，把看客转化为游客，恐怕效果未必行。曾祖母的葬礼之后五天，Z叫辆车到渔村来，把我拉到县城一个酒店里，他说话小心翼翼，怕惹到我。他也不提让我下水的事，只是拿出他之前收集到的一些照片，说是让我和他一块儿分析。

我说：“这些照片都缺少色彩，可能……那片水下龙宫本身色调太单一。光就照片来说，这些画面实在是没什么诱惑力。我的想法是，这些建筑太灰暗，但可以拍一些水下生物，用水草和鱼虾的色彩，来点活画面。”Z拍拍我的肩膀说：“你什么时候状态好，我这边随时安排人跟你一块儿。”我说：“就明天。”

不管设备多重，一入水，我就活了过来。我是独行侠，觉得入水是一个人的事，那种被海水包裹、独自游荡的自在，没法与别人分享，所以我没有让Z喊来的两个人陪我一同下水，而让他们在船上接应。他们也乐得自在。入水之前，我习惯用潜水鞋在水面击打三次水花，一个翻身，射入水里。水下摄影就是这样，当你一直追着拍什么，你就总能在水下遇见什么：有人总能拍到水母，有人总能追到鲸鱼，有人则老是碰到珊瑚和巨大的贝。而我的眼睛，总是能看到艳丽的色彩——总是某一团色彩而不是某个活物最先击中我的眼睛。能见度很好，强烈的阳光让海水好像变浅了很多。对我来说，这样的潜水摄影，已经不是谋生的工作，而是修养身心的方式。陆地上的声音都被隔绝了，没有了人影，这是我的世界。

如果能真正忽略包裹周身的水，那么每一次海底潜游都是一次飞翔。下水前，一遍遍检查身上的设备，像是即将从半空跳伞。所谓水下拍摄变得越来越"专业"，意味着所携带的拍摄设备越来越沉重，这些器材，已经在某种程度上成了器官的延伸。当苦咸苦咸的海水，以浮力抵消掉器材的重量，那些沉重的器材就慢慢"消失"了。在这水下龙宫里潜游，看到一栋又一栋的残破房屋在我眼前展开，我不能不产生穿越时空的恍惚感。多少年来，村人只知道海边水下有这龙宫的存在，各种传言给它盖上层层迷雾，并不能让我了解得更多。可有了互联网之后，一切都变得没那么遥远，我也追寻线索，在一些旧县志里，翻阅到了这水下龙宫的来历。并不需要潜多深，十二三米，已经可以双脚踩到海底，那些斑驳的石块，颜色是很单一，却也刻满海水和时间侵蚀的痕迹，角度选好之后，是最好的拍摄对象。光是想想，自从这些房子潜埋入海水开始，从未有一个人像我一样缓慢地看着它，我就浑身颤抖。

就在这时，我看到了那条鱼，我很难讲那是一条什么鱼，颜色血红，犹如一团火在水中燃烧。对一个摄影者来讲，这是致命的诱惑，我很快地往前游动，靠近之后才发现，那条鱼几乎有我身体的三分之二那么大，颜色也越来越红——我正在靠近一团火。它并没有要逃离的意思，它甚至瞪着我看了看。暗淡的海底残屋断墙面前，需要这么一团火来点亮，我不断摁动快门，拍下了它很多的照片。它感受到了长镜头的侵扰，它游动，跨过一堵断墙，在水草间消逝。我只能快速滑动，追过去，可它更快，主动权在它那边，火光时大时小。即使身上没有背着摄影器材，我也没法追上一条试图游走的鱼；但那条鱼显然无意逃远，当我停下，它也停，好像在等。我不得不重新游过去。待我游近两三米之后，它又再次离开，在我的相机里变幻着各种造型——一个足够自恋的模特。

追拍了二十来分钟，我不得不放弃了，我知道，携带的氧气已经不多，我得返回水面了。那条鱼显然也看出我准备放弃，它猛地加速，竟然撞向水底的一堵墙。没什么声音，只有轻微的一缕震动，那条鱼摇摆一下尾巴，拐弯绕过墙壁，瞬间消失了。我呆呆地看了好一会儿，那条鱼撞过的地方，墙上的石块开始缓缓掉落——这些断墙在水中泡了四百多年，早已不那么牢靠。我游近那堵石块不断滑落的墙，想拍一些微距的照片。靠近一看，发现边上有块歪歪扭扭的牌坊，我捡起一个石块，刮掉牌坊上不知道是什么的覆盖物，慢慢辨认了好一会儿，半看半猜，落款的小字已完全没法辨认，倒是可以看出那几个大字。大字是“海不扬波”。这四个字让我心里咯噔一下，我选了好几个角度，好让光线充足一些，却仍没能很清晰地拍下这四个字。

等回过神来，我暗暗叫苦，呼吸到的氧气已经变得稀薄，有着多年潜水经验的我，本不该犯这种低级错误的。潜到水下，身上承受的水压变大，是不能快速上升的，否则……我不敢多想，只能放慢吸氧的频率，边游动边上浮，动作越是缓慢，我的内心越是焦急。不能加速，不能加速，不能加速……我靠着意念来控制自己，可……即使我想加速，也没办法了，氧气残存无几，我的身子越来越沉重，那些拍摄器材已经快要把我的身子压碎，可潜意识让我没法松手……甚至，连眼皮也睁不开了。眼前开始变得暗淡，我觉得我甚至还没办法上升，就又得往下掉……暗淡开始变得光彩夺目，那是刺眼的光，天崩地裂，各种轰鸣声充斥着我的耳腔，我感到了巨大的摇晃，人间的一切，都在碎裂——我自己，也要炸裂了。

一切开始变得正常，从我重新吸到充足的氧气开始——有手臂抱住我的胸，另一只手扯掉我嘴里的呼吸器，递过来另外一个，我本能地猛烈吸氧，总算是赶走了幻觉。来人和我比画着潜水手势，我连续吸了好多口之后，摘下呼吸器递给他。过一会儿，他递给我；再过一会儿，我递给他……他松开抱在我身上的手，我们交替使用他背上的氧气瓶，慢慢上升，越靠近水面，阳光越白亮。

把头探出海面，我没有抢着吸气，反而长长舒了一口气。我知道自己刚刚死里逃生。重新坐到小船上，我才感觉到，身子像是散架了。我感谢这两个跟我一起来的队友，他们发现我潜水时间太长了，就都背着氧气下水寻我了。我此时没法说出感谢的话，闪过我脑子的念头，是让他俩保密，否则，一旦传到父亲的耳朵里……刚才的那一幕，就是那个笼罩着我们家的魔咒吧，它是蹲守猎物的好猎手，无论藏匿多久，时机一到，就杀机毕现。

——当年，那一幕也是这样出现在我祖父身上的吗？

祖　父

我总觉得，祖父有过跟我一样的压力。他的父亲——我的曾祖父，随着下南洋的船消失后，曾祖母把所有的目光都放在他身上，她肯定多次幻想过，她的先生若是有一天安然回来，她至少可以坦然告诉他，我帮你把儿子养得好好的。可时局动荡，人人疲于生计，哪里能照看得那么周全呢？祖父终于还是和村里的大多数年轻人一样，随船出海——我们村没有港口，可出水性好的水手，他上了另外一个镇子的渔船。曾祖母也不得不同意，世事多变，在岸上未必就比海里妥当。祖父每次下船，除了给他的母亲带回海货，还带回滔滔如海浪的话——那些话后来曾祖母曾不时转述给我，有的听着像真的，有的却无比荒诞，我不得不怀疑，那是曾祖母在对她儿子的多年思念中，自己编出来的对白。“你爷爷跟你这么大的时候……”她有时会以这句话开场，接下来说了半天，其实跟我的祖父——她的儿子，可能毫无关系。

也是很多年之后，我才清楚，或许她并不是要跟别人交流她的儿子，她只是在寻找一个说话的对象而已，而且，这对象还得恰好听不懂她的话才行——她就没跟家里其他人说过。也就是说，我永远没办法明白，在“丧”夫、丧儿的这么多年里，她心里吞下过多少惊涛骇浪。她出现在我眼前的时候，衣衫永远齐整，头发服服帖帖，没有任何一缕乱发强出风头。她和村里的老妇人没什么两样，可又处处不一样，她衣裳不新却特别洁净，她把自己浑身收拾得充满秩序感——如果不是以这种秩序感来让一切严丝合缝各安其位，她早失控于那些起风的暗夜，哪里能熬得住那漫长辰光？

和村里的每个老妇人一样，每一个节日她都绝不疏忽，该到沙滩上燃烧纸钱祭拜未归人，她一定去；该到关二爷庙里祈求平安，她就在通书上指定的吉时准时出现。每年还有很多次，她一个人带着香烛纸钱背海朝西，去村人的坟地。那是她一个人的时间，在前往的路上，有人跟她打招呼，她也并不回话，最多点点头。她是去祭拜她的儿子，但，那也只是一座空坟而已。祖父在海上消失，连一根头发都没能回到渔村，最后埋下的，是他的一些衣物之类的东西。“他冷啊，他是在海上没的，又离得那么远，一直泡在水里，得划多少年的水才能回到村里呢？方向不对，就永远回不来了……”她这么跟我讲过她的梦，我当年听的时候，左耳进右耳出，没在脑海里有些许停留；当她也走了，她讲过的话，反而不时闪烁，在我耳边强行起义，祸乱不绝。

曾祖父消失在海外，并不是孤例，周边村子也不鲜见曾祖母这样的妇人。有的熬得到尽头，她们的男人从海外归来了。可大多等不到，要么男人已在南洋重新成家，只是偶尔给寄些钱物回来；要么妇人熬不过孤独岁月，把自己的命结束于一棵树、一片水。这些空守着的女人，总是被异样的目光包围——祖父年少时，受不了那些目光的挑衅，敏感而易怒，拳头时时青筋暴起，迎着目光和话语挥过去。无数的告状、争吵自然就丢到曾祖母身上。曾祖母叫来她的儿子，正要说出责备的话，可一在他的眉眼之间看到他父亲的模样，看到他脸上青一块紫一块，准备好的话只好吞回去。她清楚，她儿子的所有愤愤不平和无端发怒，都是想替她出头，他渴望像一个真正的男人一样，挡在她的面前，隔断所有朝她赶来的伤害。

1950年海南解放时，祖父七岁，曾祖母是个村妇，可她也知道，新的时代到来了，一切都不一样了。曾祖父的身影越来越渺茫，几乎所有下南洋的男人都跟老家断了音讯。不到十岁的祖父，跟村里的伙伴，一次次把自己丢进海岸边的龙宫里，从水里捞起海底之物。曾祖母的哽咽和泪水没能劝退祖父，她只能频繁地烧香拜佛，祈祷她儿子平安。祖父十四岁就随船下海，把自己晒得一身黑褐，身上只有眼白和牙齿是白色的，日光之下，肌肤闪着油光，一铁锤下去，似能敲出乒乒乓乓的金属之响。女人出海是渔村最大的忌讳，曾祖母自然没随船出去过，祖父跟曾祖母说他的海上奇遇，曾祖母只能借助在岸边遥望的海面之景，想象海里的波涛。那些奇遇，最后都化成她的阵阵惊吓和夜夜噩梦，尤其是在祖父十八岁那年经历了一场风暴后。当时祖父已经是一个远海船上的主要船员，每年在海上至少待四个月，相比陆地上的安稳，他更习惯海里的摇晃。那次风暴出现在渔船返航的途中，捕捞的鱼虾蟹堆满舱，可风暴袭来的速度远超他们返航的速度，后来即使把渔获和一些重物抛下，渔船也还是和风暴正面相遇。依靠船长熟知海路，借助经验和罗盘的指引，快速奔往一个岛礁，总算是把船员的命保住了，可这一趟也算是损失惨重。回来后，光修复渔船就花了一个多月。风暴抵达村里的时候，曾祖母守着空荡荡的院门，目光空茫。风暴后三天，见到儿子衣衫破烂地出现，她的惊骇反而没了，只淡淡地说："你要找个婆娘了。"

问到合适的人并不容易。人家一听说祖父是出海的，他父亲也消失无踪，多给吓退了。祖父结婚已经是二十岁那年了，祖母是隔壁村的，也是渔家人，家里也在海上折损过人，并不觉得有人死在海里有什么大惊小怪的。婚后也就十多天，祖父再次随船出海，此时，祖父已经能时不时帮一帮船长掌舵了。对于罗盘的指向和《更路经》上记载的海上航线，他也能多少知晓一些，最关键的是，他水性好。出船的人，没有水性不好的，可像他那么好的仍是少见——若说有人能在海上徒手抓回一条鲨鱼，这人只能是他。后面，便是我父亲出生了。祖父每次出海归来，家里就多了鱼汤味，肌肤颜色越来越深的祖父，双手钳子一般抓住他手脚粉嫩的儿子。他总是下手太重，捏出一阵阵号哭，引来家中两个女人的阵阵责骂。

曾祖母总算是松了一口气，若是有一天，她白发苍苍的夫君从国外归来，她可以带着她儿子、孙子，走到他面前说一句："我对得起你。"但这样的话，是没有机会说出来的，即使她在自己内心预演了千百遍。她去找过一些通灵之人问卜，想证明自己的预感。被问询之人，无论胖瘦男女，无论法力高低，有一点总是斩钉截铁的，那就是，在某种奇特的问卜仪式之后，给她的回答都很一致：曾祖父还活着。这算是好消息还是坏消息？反正，她被这个消息笼罩了数十年，直到她过世前，她幻想的重逢的画面也从未出现。如果我们生活在上古神话世界，那她毫无疑问会变成“望夫石”之类的东西。有很多无人知晓的长夜，她侧耳听着不远处的潮汐涌动，渴盼从月色和海风中，搜寻到那缕熟悉的体温与呼吸。这样的渴盼，在她的儿子我的祖父命丧远海之后，更加强烈。

关于祖父的死，后来一直有好几种传说。

其一，那一趟出海，祖父已算是船长，他掌舵已经两年。这一趟，渔获颇丰，船已经归航。这一次是少见的丰收，所有人也就放松了警惕。当夕阳洒满海面，橙黄色让一切都显得安详而辉煌的时候，没人会想到那艘相向靠近的船会率先开枪。祖父慌忙掉头，想甩开飞射而来的子弹。他让船员搬来米袋，堆在船舵前面，他一边躲避一边转动船身。风吹船帆，船一个错身，甩开了一段距离。船员们虽也有两杆枪，可在突然的袭击面前，已经被打傻了，忙活半天，潮湿的枪管根本射不响。虽然海上摇晃，不好瞄准，可船上还是有船员中枪了，哀号声和血腥味混合在傍晚的海风中，是死亡的信号。奔逃了二十分钟，祖父右肩中枪之后，他终于让船停下，他只希望，袭击者可以放过他的船员。后来活下来的船员也没能说清楚，袭击者到底是别国的士兵还是神出鬼没的海盗。

其二，最先，是一个首次登上这艘渔船的船员生了某种怪病，肚腹鼓胀，呕吐不绝，在船上鬼哭狼嚎。船员们把携带的药都翻出来，土方子都用遍了，也没一点儿效果，直到那船员气力散尽，昏睡过去，呻吟越来越弱，眼看就要咽气。祖父准备以最快的速度返航，可这一次出海太远，不是想回就能回的。最可怕的是，第二天，祖父发现自己也开始出现和那船员一样的症状——也就是说，这是某种可以快速传染的病。7月底，天气暴热，加上船舱是个封闭的地方，人人自危，没有人知道将会发生什么。祖父极力控制，可扭曲的身体、发紫的脸色，掩盖不住他已被传染的事实。祖父估算归航的时间，以最快的速度也得四天半，可他这个掌舵人已经染病，相当于这艘船的大脑已经迷乱，返回岸上的时间还会拖延得更久。如果继续归航，可能还没到达港口，船上的人便无一幸免全都被传染。祖父当即做出决定，向一个离得最近的岛礁进发。他已不能掌舵，只在一旁边呻吟喊痛边指挥，大半日之后，终于看到经书上提及的那个岛礁。岛礁不大，可此时已经是唯一的救命场所了。考虑到渔船可能已经被呕吐物污染，没犯病的船员便带着粮食和淡水登上岛礁；渔船上留下了祖父和最先犯病的那个船员。渔船在岛礁附近下锚停靠，相隔不远，船和岛礁间的海水把健康之人和病号隔开，避免怪病继续传播。幸好这一趟出来尚没多久，淡水还足。前两日，岛礁上的船员不时朝船上喊话，祖父听到后都会回应。到了第三天，船员喊了许久，没有听到任何回应。他们心慌了，有胆子大的立即登船查看，却在渔船上号哭起来。其他船员也纷纷登船，船上却没有了祖父和最先染病那船员的行踪。渔船比他们登岛礁时，更加干净整洁，显然被海水冲洗过。没有人知道祖父和那船员去哪了——其实，却又谁都知道。他们在渔船附近的水下搜寻好久，一无所获，只好放弃。他们知道祖父的水性，他既然已准备把船留给健康的船员，自然不会把染病的身体留在附近，他肯定已经带着那最先染病的船员游出很远，再沉溺于茫茫波涛。

其三，所谓的遇袭和怪病，并不真实，他们的船，仅仅是遇上了一场渔家最常见的海上风暴，导致损失惨重，最后回来的，只有几个人。剩下的船员回来之后，大多语焉不详，彼此之间说的话都对不上号，不知道该相信谁。

这一场海上的灾难，一直都是一个谜，谁都没能证明哪种说法是真的。甚至有人说，其实，传言都是真的，那一趟他们先是遇袭，之后带伤逃离，伤号发炎，导致病毒传染，后来在岛礁上躲避，还遇到了一场不小的风暴……我父亲在很多年以后，曾抱着这个不解的疑团，去问了一位当年的幸存者，那老船员就是这么说的。他并没说谎，可关键是，他出海多年，会不会已经把诸多经历混成了同一件事？会不会把一辈子待过的船舱、海面和岛礁压在了一起，也把一辈子的出海压缩成了同一次？

丈夫、儿子相继尸骨无存，在他人眼中，曾祖母的灾星之名怎么也洗不掉了。她不是没想过死，父亲后来跟我说过她身上的疤痕，一些纵横交错的刮痕，在她的大腿、手臂处交错，那是来自她的发钗还是梳子的自残？她甚至在身上绑了一个石块，准备自沉于海底龙宫，可绳子的脱落让石块先沉了下去，她被海水的浮力推向水面。几个在岸边摘椰子的少年发现了，慌忙下水把她拉回岸上。一次失败的寻死并不能完全抹杀她的绝望，最后让她打消念头的，是我的父亲。当时十余岁的父亲对她说："奶奶，以后，你跳一次，我也跳一次。"父亲看到了她唯一一次痛哭。父亲见过很多场大的台风，可在他眼中，所有的风暴，都没有那次他祖母的痛哭来得摧枯拉朽——那痛哭堆叠了之前二三十年的无望，也预支了其后四十多年的泪水。

痛哭之后，曾祖母就不再寻死了。她得和我的祖母一起，带大我的父亲。祖母是在父亲十二岁那年，也就是1976年过世的。我也曾问过父亲祖母到底是怎么过世的，父亲语焉不详，憋得眼圈通红，只抛出一个字："病。"曾祖母也从没提过，这自然也成了我们家另一个秘密。而这哪能藏得住呢？在村里一些上了年纪的人那里，不外乎两个字："吃药。"至于祖母吞食农药的缘由，村人则是各种猜测。可即便没有确切答案，要猜到也并不困难。这个家的两代男人都消失于海上，而两代女人都活着，带刺的风言风语、带色的奇怪眼光汹涌而来，不是所有人都承受得住的，祖母毕竟不比曾祖母命硬。而让我心里怅然无比的是，当年曾祖母牵着我父亲的手，送走我的祖母，她心事如何？作为我们村最长寿的人，时间对她来说，是奖赏还是惩罚？或者说，这是一种惩罚般的奖赏。

地 动

“以沙滩为中轴线，水下龙宫和岸上村子，是相互对称的。”

给Z的拍摄策划方案里，我写下了这么一句话。在数百年前，那片水下龙宫，又何尝不是一片岸上的村子？对我来讲，要拍摄这片水下的龙宫，首先要解决的问题是：这地方是怎么来的？它们怎么出现在这一片水域之中？龙王所居、海神藏匿之类的荒诞之语，我是不信的，无论那些传言在附近村子萦绕了多少年。无论它身上覆盖着多厚的泥沙、多沉重的海水和多混乱的人言，我都得查看清楚之后，才能开始拍摄。

对我来说，小时候的每一次扫墓，都是一场心惊肉跳的经历。我知道祖父、曾祖父的墓穴都空荡荡的，可那隆起的土堆，有着消灭一切的力量，我想不明白，活生生的喜怒哀乐，凭什么全部掩埋于这些土中？凭什么归于无？凭什么坟上一丛又一丛杂草这么繁茂于风霜？这两个无法被陆地捆绑的男人，消失在我们看不到的地方，那好，既然看不到，凭什么说他们死了呢？难道不是他们厌倦了这海边村子的小，于是出海远征，在我们看不到的地方开枝散叶？

曾祖母过世后一个月，是她的冥寿。往年的这一天，父亲会提前一天准备，开饭馆的他拟好菜单，亲自下厨。他把村里的族人都叫来，让人们在推杯换盏中称赞曾祖母的高寿和福气——在往常，族人们会因为曾祖母的“命硬”而避之不及，在这一天，则全都化为祝福。无论父亲变换多少花样搞了多少菜，曾祖母几乎都不吃，在劝人吃喝的时候，她只在面前摆放一杯刚冲好的黑咖啡，不时拿起杯子抿一抿，眉头一紧，本就皱纹斑驳的脸，更加杂线交错。她在平日里并没有喝咖啡的习惯，可每年生日这天，那苦涩的味道就会在我们家萦绕。速溶的还不行，得是咖啡豆研磨成粉，冲泡之后黑乎乎一团，近乎于药。我也是到了上大学之后才听曾祖母说起，她第一次喝咖啡还是1949年之前——曾祖父下南洋之后，第二年曾回来过，带回的东西就有咖啡粉。曾祖父回来两周后，曾祖母过生日时，他第一次给她冲泡了那苦涩之味。不知道是咖啡的效力还是曾祖父的话，让她一夜不眠。曾祖父低垂着头告诉她，他将在数天后，再次随船下南洋；他还说，本来想多待一些时日再做打算，可据说日本人将要到渔村来，找青壮汉子下海打捞龙宫里的东西，到那时恐怕就身不由己了。之后每年的生日，曾祖母都会让那奔腾不息的苦味，在自己的口腔里重现。可现在，曾祖母过世了，父亲说想继续搞桌宴席，母亲的脸越来越难看。

“那……就算了吧。”父亲主动认输，说完拍拍我的肩膀，

"你，跟我出来一下。"

父亲点着一支烟，吞吐了好几口："你要不要也来一支？"

"不要了，一抽上就麻烦，我老要潜水……"此前，我也抽烟的，尤其在异国之时，躺在陌生的酒店，听着陌生的海潮，烟就一支接一支，停不下来。有一次潜水时忽然到来的呼吸急促，让我想到了前一夜抽掉的半包烟，还没浮上水面我就铁了心，若还想继续从事水下摄影，我需要做的第一件事，就是把烟戒了，否则我总有一天会死在这上面。父亲每吐出一口，我就觉得喉咙发涩，可又不能躲得太明显。

"有个事，我说出来，你别笑我，也别跟你妈说。"

"你外面有人了？"

"乱讲……"

"那……"

"我想让你教我学学潜水。"

——这话比"外面有人"还让我惊诧，多年来一直绕水而行的他，竟然要潜水？他猛地喷出几口烟，我被熏得咳嗽几声："爸，你这不是没事找事吗，哪有到这年纪了还来玩这个……"

"我倒真不一定要学会潜水，我就是也想下去看看那龙宫。村里没下水见过的男人，也就我一个人吧？邀请你回来拍照的那……什么总……要是水下旅游给他搞成了，以后来看的人肯定多，一想想我在这村子几十年了，没见过一眼，我就不甘心。"

“爸，你一下水就紧张，心里有结，这事不好办，到时你手脚抽筋，划不动……”

“那不管，总会有办法的，实在不行给我身上绑根绳索，真上不来了，把我硬扯上来就是。反正，我得下去看看。等过几年，真开发成景点了，一是没这模样了，二是到那时，我更动不了了……”

他心意已决，我也只能应下。剩下的，则是怎么绕开母亲了。母亲不愿再给已不在的曾祖母办什么“寿宴”，说那听着都头皮发麻，父亲顺水推舟，只到祖屋祈祷一番便算完事。忙完这些后，父亲跟母亲说：“你先回店里，我下午回。”母亲从院子里翻出一辆满是灰尘锈迹的自行车，摇摇晃晃消失在村道里。院子里变得更加安静了，我们父子俩无话可说，静得像我一个人住在院子里的这些长夜。

曾祖母过世后这段时间，我一个人住在这海边村子的院子里。母亲让我到镇上住，说什么都方便。我去了两个晚上，跟母亲说：“妈，我还是回去住，你们一大早就开店，楼下太吵……”母亲说：“你吃饭怎么办？”我说：“我一个人在国外也待过个把月，也没饿过，回到自己家了，更不会……”她跟着回村里，把家里彻底收拾了一番，有时悄悄把某些东西装到袋子里，拎出去丢掉——她是害怕曾祖母遗留的痕迹吗？夜里，我把房间的灯全打开，在电脑上处理着当日拍下的照片，灌进窗子的海风，把心跳一般的海潮声也带来了。我干脆关掉一切人工的光亮，想起小时候的幻想：那片海里，高大的海神直立而起，赤裸的上半身落满月光。海神之事，海边之人传颂不绝，可自然不会有人见过，真正的文字记录，我也只是在查询关于海底龙宫的资料时，在一本县志上见过："琼州诸生应试，渡海归，见神人立于水面，高丈余，朱发长鬓，冠剑伟异。众惊伏下拜，神掠舟而过。次日，三舟复见，诸生大嗓拒之，神忽不见。少顷，风大作，三舟皆覆溺。"这样的话当然也是不可信的，理由很简单，要是真事，看到的人都随船覆溺了，谁来写下这样的故事？推演出这个逻辑后，我恨不得扇自己几巴掌——真是越活越无趣了。

安静让父亲显得尴尬，他丢掉烟头，去煮开水，冲了两杯浓郁的咖啡，那味道好像把曾祖母带回来了。父亲抿了一口："苦……等一会儿日头没那么晒，我们就下水吧。"

潜水服套在父亲的身上，他身体的轮廓更加凸显出来——他的背已经弯了，无论他怎么想挺直腰板，侧面看去还是犹如一只虾。刚开始练，不能潜深，我找了一处清澈的所在，让他站在齐胸的水中，练习咬嘴呼吸器的使用。我讲了要点，就让他在水中练习，他的头不断潜入水中、不断抬起，下午的日光斜射在他身上，反光刺得我有些发晕。没练到十分钟，他站起来说："是不是可以下去看龙宫了？"躺在沙滩上的我，抓起一把沙子丢到脚掌上："还远着……你先把这东西练熟了，我到时跟你配合着练，练习交换呼吸器。潜水容易有危险，一般至少要两个人以上才能下潜，还有很多手势要学——水下不能讲话，得靠手势来交流……”父亲愣住了：“那么麻烦……”我说：“我当时也练了四五天，你要怕学不会，就上来吧。”父亲说：“……不是不想练，就是没想到，这事也……挺麻烦……”我没法跟他说，我学会了基本潜水技能，每次在不同的海域下潜，都还有大量的功课要做，水的可见度、光度、拍摄对象可能出现的时间、携带什么设备……都需要提前了解、准备。父亲不再说话，默默地练了半个小时，才上来沙滩，整个人陷进沙子里。此时，日光越来越温柔，海风已经带着凉意，人很容易在这样的日光和海风中犯困。好一会儿之后，父亲说：“你说，那龙宫真像你拍的那样吗？”

“你自己去看看就知道了，比我拍的要好看。”

“你说，谁在水里修了那么大的工程？真不是龙王的宫殿？”

“就是人修的，跟龙王没关系。”

“花那么大力气，在水里修那些墙做什么？”

“本来不是修在水里的。原本跟我们村子一样，是岸上的村子，一次大地震，海边的村子全沉到水下去了，变成了今天的水下龙宫。”

父亲猛地坐起，瞪着我：“你说的是真的？那以后再有地震，我们村会不会也沉下去？”

我说：“准备下水拍的时候，我查了一些资料，根据记载，那次地震在明朝，至今已不止四百年了。那回地震太大，海南岛伤亡惨重，沿着海边数过去，有七十多个村子，全变成了海底村庄。”

父亲沉默了几分钟才挤出几个字：“我——一定要——下去——看看。”他再次走入海水，嘴里咬着呼吸器，头部一会儿潜入水中，一会儿抬起。

我看着他，好像他是我的儿子，我是他的父亲。

除了练习潜水，父亲还让我帮他问护照怎么办，现在去东南亚方便不方便。一有空闲，他还到处探访村子周边的老人，神秘兮兮地打探着什么。为了撬开他藏着的话，我准备了一瓶上好的白酒，在砂锅里杂鱼煲咕嘟咕嘟的翻滚声中，他轻抿一口之后，才泄了密：“你曾奶奶过世后，我最近老做梦。”

“梦见曾奶奶？”

“没有。”

“其实，梦中的人看不清。可我总觉得是你曾爷爷——我的爷爷。”他回头指着墙上的一张炭笔画。

从我有记忆开始，曾祖父这张遗像就悬挂在大堂的墙上。和其他人的遗像多为老年面孔不同的是，这是曾祖父年轻的面孔。我很难说清楚那是一张什么样的脸，目光空荡荡的，好像看着什么地方，又像哪里都不看。在很多年里，我总觉得这遗像有些奇怪，又说不上奇怪在哪，也是到了高中之后，有一次拍证件照，才发现了端倪。奇怪的地方在于：在那遗像上，我看到了我父亲的模样，也看到了我的影子——某种遗传的特征，隐藏在这些脸上。

“梦见他怎么了？”

“也没别的，就是狂风暴雨，台风来了，我们这院子都要掀开了。屋门被推开，我看到一个黑影站在门口，就像泡在水中一样。”

“梦中是白天还是夜里？”

“白天。”

“白天也看不清？”

“看不清。可总感觉是他。”

“所以……？”

“所以，我想找些老人问问他的事；所以，我也想到东南亚看看，他后来毕竟是留在那里了。”

“问到什么了？”

“问不到。他离开的时候，挺年轻，后来回来过一回，没多久再次走了，没什么人记得这些事。”

“我们村里都问不到，去东南亚能问到？东南亚不是一个国家，是很多个国家，连他去哪个国家都不知道，去哪找？怎么打听？他出国后，可能名字都换了。”

父亲眼圈顿时发红，说不出话来。我堵死了他所有的出路——通往他的祖父、通往遗存给他相似面容的血脉之路。他死活要学潜水，是不是想当一个“合格”的海边人，好逆时间之流，抓住被大地震埋藏到水下的，那更蜿蜒更漫长的根？

院子里的灯都打开了，只坐着我们父子两个，空荡荡从咕嘟咕嘟的砂锅中冒涌而出，包裹住了我们。海风是拦不住的，它们无处不在，咸腥味前赴后继。在以往，曾祖母一个人守着院子的夜里，她是不是也梦见过一个看不清的黑影，在风暴中推门而来，浑身湿漉漉，披一套水的衣衫？

曾祖父

有自南洋归村者，传其地繁华富丽及谋生之易。心慕之，欲往一游。父亲训诫：但有不适，应速归。遂于元宵之后，步行至海口。初做此徒步远程，抵达之后，坐不思起，脚底肿热泡如火燎，筋之伤也甚矣。由海口随船至新嘉坡（注：即新加坡），海上颠簸摇荡数日，有人茶饭不思，面色黑灰；余肚腹吐尽，口鼻腥臭苦膻。途中船板传来骚乱，据闻乃有人不堪货船摇晃之苦，心智大乱，投海而没。抵新嘉坡，未及休整，又转火车去芙蓉，乃村人工作之地也。

余随村人往橡胶园内之工寮，胶工皆为华人，琼岛之人亦不少，通乡音，时有人来探故乡事、言故乡物，无不眼红洒泪。胶工每晨四点钟即起，天黑如漆，于山涧中冷水浴，全力摩擦拍打周身，使之热。曰：非如此，胶林内阴寒瘴气侵体，必患病也。未及拂晓，入林采胶，采完，急用膳。膳后速往林中收胶，不得使胶液受日晒凝固也。午后，工人中除制胶者，余则别无他事，或于寮中聚赌，或外出逛窑子。每月劳苦所得，虽甚丰裕，然因此而钱财耗尽葬身异域者，难以胜计。辰巳之际，风凉入静，属美睡之时。余不惯早起，亦不惯起身即冷水浴，更不喜其聚赌逛妓之风，便未应下胶工之活。旬余，谋寻工作尚无头绪，便因水土不服，病魔来袭，余面黄腹胀，身垮而神魄散。村人来探，知状危矣，急送救治。异域孤身，得此视护备至，感激涕零。经医治后，腹胀渐消，然全身萎靡，四肢无力，不能起身，每餐由护士以牛乳喂之；渐而能起，乃增加面包。手足不灵，屈伸莫听使唤，有如婴孩，学坐，继而扶手学立。渐改用饭，村人时备家乡菜前来，病患渐消，遂转别室疗养。疗养室园庭空阔，花木扶疏。每晨夕，余扶筇慢行于院中，心颇想家，深悔此行之谬：别父离妻，远隔重洋，尚未谋稻米一粒钱银些许，盘缠已然耗光，幸有村人援手照应，方不至客死异域。月余，复原如初。遂出院，至村人处别寻生计。

春未尽，热浪袭……

在电脑上把两张图片放大、再放大，也没办法看出写下这些字的是谁。照片上的纸张泛黄，字迹凌厉，每一个转笔处，没有任何逢迎，显出某种剑破长空的孤寂。写抬头的那一页没有了，有落款的那一页也没拍到——除了这空落落、没前没后的一个人，述说着他身在异域的一场病，其他全都遗失了。这不太像曾祖父写下的，在曾祖母的记忆里，他虽懂得写自己的姓名，读得一些字，也算得几个数，但也就这样了，要如此详略得当地写下异域之旅，不太可能。那，会不会是曾祖父当年让通文墨之人代写的——如果真是这样，我更感兴趣的，倒不再是曾祖父，而是那个代笔之人，他在为别人的家信琢磨词句时，会不会在其中暗藏自己的心事？可惜再也没人能说清这背后的故事了，曾祖母的过世，让一切沉入海底——就算她还在，这一切也许仍旧是个谜。比如说，在数十年里，她就从没跟家里任何人说过这么一封信。

她过世后，家里人整理她的遗物，搜出一件就匆匆拿去烧掉，怕留在家里不干不净，母亲甚至不让我拍照："这些东西，拍什么拍？不怕？"看到觉得有意思的，我才悄悄用手机随便摁两张，也不敢被她发现。照片上这两张发黄的纸，就是当时随手拍下的，我记不清是不是还有其他的信笺。当时若是留点儿心，翻看两行内文，出现在我眼前的，会不会就是一个完整的故事？那陆陆续续收拾完的遗物，被父亲在曾祖母坟前点燃的打火机全送给了火光；他还顺便点了一支烟，走到一棵野树旁，在烟雾里咳嗽了几声。

也就是说，本来就对曾祖父所知不多的我，被手机里发黄的纸张搅和得更加混乱了。第一种情况：这封信跟曾祖父毫无关系，或许只是某个村人寄回，甚至有可能是当年曾祖父第一次回乡时帮人捎回的；或许，去村里问询之后，曾祖父才知道收信之人已经等不到来信，在一场病中过世或挨不住绝望而投海自尽，这封信就一直被曾祖母珍藏多年。当年曾祖父是不是还曾红着眼睛，在曾祖母面前掏出这封信念了起来？曾祖母先是静默无语，而后推人及己，悲痛难抑，任由曾祖父如何劝慰也静歇不下，在他怀里像海潮一样摇荡了一夜？曾祖父后来再次下南洋，除了要出去谋生，是不是也要给委托他捎带信笺的人一个当面的回复：老家已经空荡荡。

如果这封信是曾祖父托人寄回的，那很显然，这应该是写在他唯一那次回乡之前，因为如果他回来过，家里人肯定已经了解他初下南洋之事，不需要再次离开之后，再写信告知。初次下南洋便遭重病，差点儿命丧异域，心中无比想家的曾祖父，为什么在回乡后仍旧义无反顾再次离开？对照那段时间，正是日军已经在海南岛上扎稳脚跟、横行无忌的时候，莫非他再次远逃，是要躲避日寇？或许，当年，曾祖父在外游历一番之后，发觉他国居住也大不易，本是要回来的，却在回村不久，便听到日寇即将来渔村找人打捞龙宫的事，村里一些年轻的男丁只能外出躲避——曾祖父便再次随船远走了。这一次，他断了音讯，走出人世之外，再没跟我们家有过联系。关于那次日本人在渔村驻扎，曾祖母倒是讲过好几回，说他们杀了几个人，驻扎了一个多月，天天在沙滩边，把水性好的人往水底赶，可打捞上来的玩意儿并没多少值钱的，也就撤了。

曾祖父的再次离开，意味着曾祖母漫长、孤独、空荡的岁月开始了。

曾祖母永远在抿着嘴笑——时光摘走了她嘴边的话，更多的笑，就从她的眼角流出。随着年龄越来越大，她的话变少了，每次村里有什么老人生病或过世，她往往好几天一言不发。她最害怕的，是台风天。每次广播里预报台风将至，她一遍一遍细听，确定风暴临近的时间，提前杀好一只鸡，拉上我，到祖屋去祈祷。煮好的鸡、三碗饭摆放在八仙桌上，她握手默念，每个字我都懂，可我永远听不懂她的言下之意。她的祈祷持续十多分钟，之后她来烧香、点烛、焚纸钱，而我则拿着一根线香，到祖屋外燃放一挂鞭炮。噼里啪啦，烟雾消散，她让我先离开，她一个人继续在祖屋里待上大半个小时。我也有好奇的时候，悄悄躲在门外，看着她站在昏暗的祖屋里一动不动，木刻一般。

风暴来了，海浪不断击打沙滩，要冲到家里来，空中掉落的雨水已经不是雨水，而是下滚的浪；狂风更是要抹平一切的暴徒。在此时，电全停了，煤油灯在夜里闪烁着脆弱的光。家人躲在屋里，不时被门缝、窗缝钻进来的风所惊吓。曾祖母在此时是不睡的，她没法睡，一直靠窗坐。紧闭的窗已经封死了视线，可她好像可以看到海，看到迷失于海上的渔船，看到大海彼岸的异国他乡。风刮几天，她就那样呆坐几天，除了吃喝拉撒，她始终和那把椅子贴在一起。家里也没人问她，问了也不回答，谁也没法知晓她的心事——对于一个独守数十年的女人来说，她有太多心事寄予他乡客与未归人。

入 水

我在故乡的海里拍摄了一个多月，这是我摄影生涯里从未有过的体验。在以往，我前往某片陌生的海域，少则两三天，多则一般不超过一周，所拍摄的也不外乎海里的生物。而这一回，我所拍摄的竟然是一大片漫长的海底世界——这是因明朝万历年间一场大地震而沉入海底的村庄建筑。村庄太大、太长，没完没了。其间，Z来看过照片，不怎么说话，只是用力地拍我的肩膀，开车载我到县城一家饭店，一杯接一杯给我灌酒。

“这事，成了。”他有些哽咽。

“我以前也从没想到，家门口就有这么一片海。想不到绕了一大圈，绕回来了。”

“你知道吗？看了你的照片，我也想跟你学潜水、学摄影了。”

“哈哈，我爸让我教他，现在也能潜一潜了。”

“大概什么时候可以梳理一个展览的思路出来？”

“还得拍一段。目前可选的照片还是不多，都花了那么多力气，那就做好点儿。”

“我不急，你按照你的感觉来。来……喝。你想想，覆盖了四百多年海水围墙的龙宫，就要被你掀开面纱了。”

“不过，我最近得停一停了。”

“停？”

“上次我跟你说过，一直找我合作的那家手机公司，又来催我了。”

“你不能把这拍摄忙完？”

“老这么拍，我也有点儿倦，出来的照片效果并不好；还有，这几年我一直在和那家公司合作，不想断了这联系……最主要的是，现在毕竟是智能手机的时代了，每次新款旗舰手机发布，网上全是热搜。我在想，把那新款的手机拿到我们这个项目里试拍看看，手机发布时，若是现场演示用上了这照片，对你的项目来讲，不也是一件好事？”

“我看行！”Z很激动，倒了一杯酒，仰头饮尽，他从口袋里掏出手机，啪的一声放到桌面上，正是跟我谈合作的那个牌子。这天晚上，Z喝了不少，我也喝了不少。他摇摇晃晃坐上他的车，由代驾送走，身后酒气经久未散。

两天后，我飞去那家手机公司所在的城市，签署了保密协议，领走了一部尚未发布的新款手机。这手机套在一个造型怪异的保护壳里，一眼看上去，没法辨别其真身。其后个把月，按照计划，我又开始满世界飞，在各个著名的海域，拍摄各种光线下的海底世界。这期间，我还悄悄回了一趟老家，带着这部手机潜入家门口的海底村庄。以往沉重的摄影器材，置换成做了防水保护的手机，我变得如此轻盈。当那些在海底沉睡了多年的建筑再次出现在我眼前，我又有了那种回到母体的感觉——虽然每一个人也许都没法说出回到母体到底是啥感觉。

把照片连同手机交给那家公司后，他们送了一张国内发布会的门票给我，我接下来了，最后却没到现场去。这款新手机的发布会，在德国和国内分别举行了一场，我都在网上看了，我想看我拍摄的照片有没有出现。德国那场发布会，并未出现我拍摄的照片；国内那场，有一张我拍摄的海底世界，鱼群涌来，严整、密集、光线辉煌。我夹带私货所拍摄的海底村庄，并未出现在发布会的介绍里。我理解这种选择，一款明星产品的发布会，每个环节都疏忽不得，谁不愿意把手机最色彩斑斓、高清靓丽的摄影功能展示出来呢？同时签约的数十位摄影师，都拿出最好的照片给他们选择，发布会上用来展示的，不会超过十张，我已经足够幸运了——那些通体黑黝黝的海底建筑的照片，力道浑厚，可色彩到底单调了些，不讨好眼球，还是把它们留给我自己吧。

10月底之后，时间的流逝愈加飞快，其间有一家做互联网课程的，通过曲曲折折的关系找来，让我参与录制了七集关于水底摄影的网络课程，每节四十分钟。当所有的后期完成，已经是春节之前了，我买票飞回了海南岛。刚出机场，还没赶回村里，就在手机上看到了新型肺炎的消息。当时我也没在意，以为山高水长，跟我们海南岛没什么关系。谁知道接下来，各省纷纷宣布进入紧急状态，海南也近乎封岛，网上各种消息汹涌而来。再之后，春节过去了，父亲在镇上的饭店也没法开门，村口的路被村干部拿破渔网拦住，随时有人拿着鱼叉巡逻。家里人也都被封在村里，没法移动。

我起初还抱着幻想，以为这一波兵荒马乱很快会过去，可两三个月之后，疫情布满了整个世界。往年陆续到来的摄影邀约，全都消失不见了——真邀约了，能不能去，敢不敢去，去了能不能回来，都是未知数。我干脆死了心，窝在渔村里，整理以往的照片，并把一些潜水的视频剪辑出来，开通了抖音号，陆续发出来，一个多月后，竟然有了接近十万的粉丝。父亲整天跟我同处一屋，摩擦渐多；后来形势稍微缓和，他和母亲的饭店又可以营业了，人虽很少，可毕竟开门了，我在他眼中才顺眼了些。

我有时会把抖音号的视频转给Z，他会发来一个大拇指，可更多时候，是毫无回应。翻看他的微信朋友圈，看到他最近老转一些心灵鸡汤的文章。我给他打了个电话，他语音低沉，说："我还在老家待着，出不来，还没法去海南。现在这形势……"我本来想告诉他，被关在村里这段时间，哪儿都去不了，可海上无人，我不需要戴着口罩，就可以划着小船在海边闲荡，那时的海好像回到远古时代，空茫辽阔。不时潜入水中，拍一些照片，每次看到空荡荡的海底村庄，我心想，现在，整个世界也是这么空荡荡的吧？快要挂断电话的时候，他说："有些对不起你，我想……这摄影展未必还能搞，你也知道，因为疫情，旅游业都停下来了，我们那几个景区，每天……唉……"我并不觉得意外，我只是有些愧疚，怪自己口拙，不知怎么安慰他——现在，这个世界上有太多需要安慰的人。

禁足在家，刷手机的时间越来越多，不但眼睛像吹多了海风一样干涩，拇指也会隐隐生痛。把手机丢下，走出院子，海潮依旧，海风也依旧，海水之下，那个村庄依然隐蔽，暗藏千古，空茫如初。在渔村躲避疫情的这段时间，我挑选好海底村庄的展览的照片，也排好了每一幅照片的顺序，连哪张照片洗多大、展厅的灯光如何布置等，我都做了规划。我甚至连展览的前言都写好了，只是暂时就不发给Z过目了。或许，一拖拉，这个展览永远没法成为现实了；或许，随着疫情趋稳，好消息逐渐传出，这个世界还会回到此前的模样，该春暖花开时春暖花开，该日光辉煌就日光辉煌。是的，当我在村子里游荡，人们一切如常，我时时恍惚，好像疫情从未来过，海边的潮汐从未更改过它的节奏。好吧，我等着Z的电话，等着万物重开，年轻恒久——但在手机铃声响起之前，就让这场展览暂时属于我一个人，只为我自己开启。我悄然走进曾祖母的岁月，逆流而上，寻回那些消散的记忆。

“唯水年轻”摄影展前言

万历三十三年五月二十八日夜，海南岛地震，海沙崩裂，琼东北起声如雷，海边七十二村庄，尽沉海底，人或为鱼虾。这些倾覆在水底的房屋，在四百一十五年过去之后，解除封印，重见天日，以另外的一种方式，回到我们的眼前。地震之前，高僧憨山德清恰好身在琼州府探寻东坡遗迹，他登上郡城之时，觉得生气不佳，曾言灾难将至，让人们躲避。可惜无人相信，死伤无数。

大震让那么多村庄瞬间沉入海水，以另一种方式，抵抗着时光的腐化。后来，岸边又重新生长出村庄，我们的先人一代一代在此生活，他们中的大多数人，并不知道海底村庄所从何来，层层传说覆盖了记忆。人们出生，活着，然后死去。“海老了/唯水年轻/凡是潮刷过的也都年轻”，这是我省老诗人云逢鹤的诗句。当我潜入水中，看到海底建筑，便觉得，这片海，确实老了；可荡漾的水纹天光，又那么年轻。这一次展览中，除了海底村庄的照片，还有一些岸上的，彼此夹击，共抗时光。摄影者也颇怀私心地放入了与曾祖母、曾祖父、祖父、父亲相关的一些照片；尤其是曾祖母，她坚硬地撑住数十年时光之潮的冲刷，她并未苍老，她如水——唯水年轻。

海里岸上

岸　上

午后三点半，老苏搬着条凳到家门口不远处的木麻黄林中，开始他一天中最惬意的时刻。木麻黄林里吹过来的海风，裹着浓重的腥臭味。这种味道好像能腐蚀一切，海边人家的门窗，若非涂上厚厚油漆，就会在其作用下，锈迹斑斑，摧枯拉朽。有的人锁上房门离开半年，回家时，阳台、窗口的防盗网就会在手掌的揉捏下，碎成满地锈渣。唯一能抵御海风侵蚀的，只剩下海边生长的植物，尤其是木麻黄。木麻黄经过海风的梳理，针叶根根分明，好像浮动在空中的有形光线。老苏的工具不复杂，不过是木工用的小斧头、凿子等，加工对象是一块木麻黄树的老根。两年前的那场超强台风，让靠海的地方满目疮痍，台风过后，他走在残枝断干的木麻黄林里，内心在滴血。一棵被风连根拔起的木麻黄树绊倒了他，爬起后，他望着那团盘根与错节，心有所动。几天后，他借来锯子、斧头，把老树根截断，找来两个后生，将它抬到院子里放着。老树根在院子里放了快两年，他还没动手，在此期间，他买了木工工具，在很多小玩意儿上练手。真正对老树根动刀，是在大半个月前——他觉得，可以开始了。

他把交错的根须全都除去，剩下光滑的木块。他学会了用铅笔、量角器、尺子等，还开始画图——那是一艘船的造型。他想把那艘记忆中的船，以缩小的方式，用一整块树根雕刻出来。他并不急于完成，每天在这片树林里的时光，是独属于他自己的。阳光仍然猛烈，海面吹过来的风是有重量的，但从此时到傍晚，风会越来越凉快。他刻几刀，就停下来，抽一支烟。收拾东西回家之时，地上丢了半包烟的烟头。他其实很少坐到暮色起，而是在接近五点时就收拾整齐，到镇上的茶馆喝杯下午茶。镇子和渔村挨着，是海南岛上最著名的一个渔港，多少年来，一代代“做海”的人，从这里扬帆航向广袤的南中国海。穿过村头往北就是港口，但他步子很急，不敢多看那个他离开、回来无数遍的海港。他已经很久没有机会到海上去了。

茶馆里人声鼎沸。说话的人为了压住杂音，只能把声音喊得更高——人人都在嘶喊，却连对面的话都听不清。老苏还是听到了一些，大概是关于这座小镇的。小镇近些年已经完全变样了，早先那个落魄、凋敝甚至可以说被某种悲伤笼罩的港口，显示出迸发、昂扬的新面貌，高楼快速建起，还修建了海洋工艺品一条街，引来不少游客。街角那家店，据说生意最好，老板早已是千万身家了。但有人觉得发展的速度还不够快，还得提提速——提速最好的办法，是得到上级部门的重视。

其实，镇里在出方案时，问过老苏的意见。他在会场听着，只是听，一言不发，被问急了，就说："我多年不出海了，脑子又坏，这些东西，哪懂?"后来证明，他的沉默让他保留了一些脸面——和他年纪差不多的老渔民阿黄，中气十足地提了几十条建议，条条言之有据，没一条被采纳。最终的方案，是北京一个文化公司的三个"90后"设计师拍着脑袋做出来的，眼尖的人，可以看出《海贼王》《加勒比海盗》的气息。但不管怎样，这镇子算是焕然一新了。各级领导在镇上的行程，通过电视、报纸、网络等媒体的报道，把镇子推到了全国人民面前，给小镇带来了很多陌生的面孔。

领导考察之后，镇里尊重阿黄，给他写了一封信，感谢他为小镇的发展建言献策。阿黄把那封信甩在老苏面前，脸变成彩光灯，各种颜色交替闪耀。老苏说："阿黄，消消气，你也活这么久了，气还这么大?该提的建议你也提了，人家感谢信也给你写了，你还气什么?吃茶，吃茶……"

"我们这些人，就该死在咸水里，不该留下来见这个!"阿黄再拍桌子。

"吃茶，吃茶!"

阿黄不作声了。

老苏年轻时出海，从未和阿黄同船过，但他听过阿黄的勇猛之事。阿黄的水性好到在海里就正常、上岸就发晕，他曾说过，把他四肢捆绑丢到海里，他仅靠耳朵根、舌尖划水，也能安然无恙回到渔村。但阿黄是同一辈人里最先走下渔船的，五十五岁一过，就浑身不适，海风一吹便骨头痛——据说是他泡在水中的时间过长，寒气侵入了骨头深处。这事也让阿黄在同辈人面前抬不起头，凭什么那些家伙比我在船上多待十几年？他还变得神经敏感，一看到别人低头说话，就觉得是在暗中嘲笑他，脾性愈加暴躁。一暴躁，身上的关节就发痛，又得压抑着，压出一肚子闷气。他是一名自恨没有死在海中的好水手。

阿黄去木麻黄林里看过老苏的雕刻。他前前后后细细看了十多分钟，越看眼睛越发红："你在刻那艘船啊？你在刻那艘船啊……"老苏取出一支烟点着："你能看出是哪条船？渔船不都长一样嘛！"阿黄摆摆手："哪里一样，不一样，我知道的，你刻的，就是那条船。当年要不是我运气好，生了一场病，没赶上出海，我也随着这船，死在南海了……我该死在海里的……我觉得我是偷生的人，这些年都是偷偷活下来的。晚上睡着，骨头缝里，海风直接穿过去，把人都打散了……"

老苏拍拍阿黄的肩膀："这真不是给你刻的，我哪知道你心里想着啥，我给自己刻的。闲得慌，手不动一动，人就傻了。"

阿黄也拍拍老苏的肩膀："你还会刻这好东西，我也有一件宝贝，藏着没给任何人看，来来来，你跟着我，带你去看看！"

"不去，不去。你能有什么好东西。"

海　里

“出海的人，永远不能喝酒，否则你总会在醉后淹死在水里。”——数十年前，老苏的父亲在老苏上船之前，已经无数次这么警告过他。老苏当然是懂得水性的，他三岁的时候，已经能独自在海面划游，在大人们的笑声中玩潜入水中又浮起的游戏。这不算啥，哪个渔家孩子不这样呢？但近海划游与登上渔船出征远海，是两回事。出海，是男人的事，岸上是属于女人的。风浪和噩运，被男人的身躯挡住，女人们则要面对难熬的等待和寂寞的无眠。

出远海之前，老苏所有关于海的记忆，都跟黄昏和月夜有关。

黄昏是酸楚的。通讯不发达的很多年里，等待是唯一的联系方式。每到黄昏，女人们就会在岸边的木麻黄树和椰子树下遥望大海，希望铺满黄金的水面上，出现一个黑点。黑点逐渐变大，变成她们的男人以及船舱里的鱼虾。这样的等待，等到的有欢喜，也有颗粒无收的失望——有时是绝望，出海的男人和那艘船，永远留在某一次风浪里了。月夜则是欢腾的。当月夜下有人，说明渔船已安然回来，女人们悬着的一颗心，暂时回归原位。渔获从船上被卸下，在月光下，鱼虾蟹闪耀着奇特的光泽。

有些竟然是透明的，月光穿过鱼虾的身体，散发着晶莹的光。这是小孩子的节日。

老苏十三岁第一次上船。父亲是在出海的那天早上，才告诉他这个消息的——若提前告诉他，怕他过于兴奋，睡不好，影响在船上的状态。船离开岸边的时候，老苏陷在兴奋里，不去看岸上老人和女人的挥手。船驶向碧蓝深处，兴奋很快化为乌有。四望全是一样的，只有水天，只有单调到让人眼花的碧蓝色，航向掌握在父亲手里、心中。船行半天之后，老苏已经把该吐的都吐出来了。船员上前帮他捏肩捏背，被父亲喝止了："才刚开始，后面两个月都要在水上，怎么受得了？让他吐！"

父亲不理在船上打滚的他，只顾观看太阳，对照着手中的罗盘，有时会从怀里掏出一个被布裹得严严实实的小包，打开那本纸张灰黄的小册子。那么多年了，识字不多的父亲已经能把册子上的文字背下来了，可海上航行马虎不得，还是得拿出来印证一下记忆。小册子上写着这片海域所有的秘密。老苏翻滚到肚子疼，翻滚到口腔泛酸、泛苦，翻滚到无力呻吟，父亲还是不理他，也不让船员过去。

傍晚时，海面平静，有人给父亲换手，父亲把罗盘交到那人手中。父亲下到船舱里，用毛巾沾染了一点淡水，递给他。他接过毛巾时，手是发抖的，可他眼中的恨意并未消减。父亲淡淡地说："要出海，这一关得熬过去，谁也帮不了你。海风吹了一天了，你用毛巾擦擦脸、擦擦裤裆。风咸，不擦要烂掉。”握着父亲递过来的湿毛巾，他发抖的手抬都抬不起来了。父亲伸手扶住他的后背，用力在他肩膀上一捏，又抢过毛巾，盖在他脸上。毛巾掀开时，好像揭开了一层厚厚的海盐面具，他脸上一阵凉意。父亲把毛巾塞进他裤裆，他挣扎而起，呕吐到一动就肚皮刺痛，他也不管了，推开父亲的手，自己擦。

这一趟出海，父亲没给他安排捕捞的活计，只任他在船上不停地呕吐，只任他学会在海上的第一件事——习惯晕船。

岸　上

老苏生了两男一女，女儿是老二，嫁到别的县去了。老三读完大学，没有回海南岛，留在上学的那个城市，成了市民，虽然时不时会在电话里说想念家里的海鲜什么的，但他每年回来的次数是越来越少，他的小孩已在那个城市读幼儿园了，老苏也只见过一回，语言也不通——他们终究和自己、和这片海没什么关系了。距离最近的是大儿子，他就在镇上经营着一间铺面，卖的是砗磲贝加工成的工艺品，还和海水相关，但他已经不出海了，只是从人家手中进货、卖出而已。海上的生活太辛苦，老苏自然不愿儿孙们继续走自己的路，可一想到祖先多少代人以海为田，儿子这辈却远离了，老苏还是涌起一阵阵怅然。父亲从祖父那里接过《更路经》和罗盘，后来传给自己，自己要递出时，眼前空荡，没人接手。

大儿子在镇上建了四层楼，叫他来一起住，热闹些，他说：“住不惯。”倒也不是住不惯，只是老家若是没人看着，几个月后回来，家里的一切估计全都锈为粉末了——只有人的目光，能保护家中一切物品抵御海风的侵蚀。

这一天，大儿子到木麻黄林里找他，在旁边静静地看着，等着他把一天的雕刻任务完成。望着那一地烟头和被挖下来的碎屑，大儿子默默地帮着父亲搬椅子、锯子、斧子。

老苏问：“有事？”

“不就是想回来跟你喝两杯嘛！爸，你不愿到镇上跟我们住，我不放心你。”大儿子笑了。

“别绕弯弯。”

大儿子不再嬉笑：“爸，你也知道的。还是那事，正式通知已经下达了，砗磲不让卖了，我的钱全在里面，若是这些货出不了手，我下半辈子全丢进去，也还不了人家的钱……”

“当初我就跟你说过，这东西不能卖，你偏不听，怪谁……”

“谁料到会这样？当时镇上的店铺都卖，也不是我一家。何况当时镇上也是鼓励卖的，一艘艘船远赴南沙、西沙，把砗磲捞回来，有厂子加工，我们不卖，别人也要卖啊，发财的人多了去了。前两年上头领导来，镇上不也还卖着？那时若不是你挡着，我早点进去，早赚到大钱了。我进去太晚，你看，才搞了一年多，又说不让捞、不让卖了，这不搞死人嘛。”

“砗磲是海底的灵物，你们捞上来卖，这是什么？出海的人，不干这种事的，你们……我早讲了，这事不会持久的。”

“爸，这时再说这个，没用了嘛，我就是想把损失减到最小。”

砗磲加工产业在镇上发展了四五年，大批人以此为生，镇里也曾出了相关规定鼓励砗磲加工产业的发展，可最近，省内出台了《珊瑚礁和砗磲保护规定》，规定两个月后禁止开采、加工南海砗磲，这使得兴盛了四五年的小镇，陷入一片哀号。禁卖时间快要到了，那些囤货多的，忙着要把货出手，买家手头捏着钱，就是不愿说个爽快话，砗磲价格一路下跌。老苏的大儿子看着堆在库房里的货，倒数着禁卖的时间，急出了通红的双眼和满口腔的溃疡。

“你想怎么办？我又不认识什么老板，哪有本事帮你把东西卖出去。”

“爸，其他的事，你别管。有个记者朋友，姓宋，他听说你是老船长，通过朋友找到我，想来采访采访你。我知道，妈过世后，你现在越来越不愿见人——连我们这些子孙都不想见了——你也不愿谈船上的那些事，但我不是没办法嘛。宋记者说了，他认识一些想收砗磲的老板，你就配合他做一下采访，他认识的人多，后面他给我介绍点生意……”

“就是说说话?”

“就是说说话!”

宋记者在三天后来到渔村。大儿子安排他跟老苏相见后，就急匆匆返回镇上去了，有人打电话给他，说要去看货。宋记者三十多岁，矮墩墩的，几部相机挂在脖子上，简直要把他压趴下。腰间的包里装满各种镜头，显得他更矮了。他说:“您忙自己的，我先拍拍照。”老苏只好在木麻黄林里，雕刻着自己的那艘船。在老苏的刻刀下，船的造型已经显现，他正在专注研究的，是那些细节，他要刻出船身上的纹理和气息，他还想刻出海水在渔船上留下的斑驳感。宋记者把相机镜头靠近木船，拍下了木屑飘落的画面，也拍下老苏对木船的凝视。宋记者对构图有着极端的敏感，他甚至觉得，是老苏的目光而不是刻刀把这艘小船雕刻成型。宋记者拍摄新闻图片，也拍摄一些永远上不了报纸的图片，他觉得，老苏是一个让他想不断摁下快门的拍摄对象。

老苏一支烟接着一支烟，脸藏在烟雾后面，宋记者拍了不少他嘴角叼着烟头的照片。忙了有半个小时，宋记者说:“老苏，可以拍拍你的罗盘和那本书吗?”老苏把烟头丢到脚下，鞋底一划:“你是我儿子带来的，我就直说了，罗盘你随便拍，那本书不行。你们采访有纪律，我们渔民也有纪律。不是我们小气，确实是上面来过一些领导，告诉我们，没有采访介绍信的，不能给看。我们的渔民在南海活动千百年了，这些书是我们在海上活动的证据，不能乱传。”宋记者说：“我理解的，这是我的记者证，你看看，这次下来得急了一些，也没想到会需要介绍信……”老苏说：“那，不好意思了！”宋记者着急了：“你看……老苏，我答应了，给苏伯介绍些生意的，我这次来，并非我个人的事，是省里的日报，要做一期关于南海主权的专题报道。你也知道，有的国家近来跟我们在南海闹得厉害，我们拍你这本书，是要在报纸上登出，是宣誓主权的正能量行为，不会拿来乱搞的。”

老苏沉默了好一阵才说：“我信你。但得答应我，不能全拍。封面封底你可以拍，其他的，就不行了。”宋记者慌忙点头说：“好。”老苏站起身，朝院子里面走，宋记者跟在后面。院子很大，侧边小点的房子是祖屋，里面供奉着牌位。老苏时间多，又是闲不住的人，这间祖屋被他打扫得一尘不染。祖屋高处是神龛和牌位，下面是八仙桌。老苏并没有直接去取他的罗盘和经书，而是取了几根线香，点燃起来，插在八仙桌上的香炉里。老苏拜了几拜，念念有词，这才走到八仙桌前，从腰间取下钥匙，插进八仙桌侧面的一个柜锁里。拉开柜子，抱出一个木盒子，老苏说：“出去看。”

木盒子摆放在院子里的条凳上，呈黑褐色，已经看不出原先是什么木头了，外面刷了一层光亮亮的天那水，用来防潮。木盒并没有锁，把盖子揭开，里头还垫着一层布。布掀开，就看到了一本纸张脆黄的册子、一个古旧的罗盘。老苏正要把册子和罗盘取出，宋记者说：“等等，我这样拍一张。”罗盘有一个盖子，打开后，一个圆盘被“甲寅艮丑癸子壬亥乾戌辛酉庚申坤未丁午丙己巽辰乙卯”瓜分为二十四块，黑褐色罗盘上的字刷着白色的油漆，指针随着罗盘在老苏手心里抖动，不断变化着方向。册子则是以毛笔字抄就、手工订成的一本书，这本书装订得不平整，书脊以一根早看不出原来颜色的线穿透、捆紧。纸张脆黄，甚至有点黑褐色——任何老旧的东西，好像都不得不被黑褐色掩盖。书的页边也有些翘起，封面上三个字歪歪扭扭——更路经。

宋记者拿着相机的手有些抖：“这东西，怎么用？”老苏指着罗盘：“罗盘上这二十四个字，代表各个方位，每个字之间的经纬度是十五度，转一圈是三百六十度，是整个地球，行船都要靠这个指引航向……哎，不说这个，现在没人用了，现在都用卫星导航了。这本《更路经》，得结合罗盘来用，上面记载着南海上的各个礁盘、暗沙和岛屿，记载着它们之间的距离和方向。我们以前出海，都要依照上面的记载，算好船的速度和方向，海面茫茫，得绕开礁盘和暗流；风浪来了，得依照这本经书上的记载，找到最近的小岛来躲避……总之，若没有这两样东西，出了远海，即使全程风平浪静，也会迷失方向，没法返航……唉……不说了，不说了，你拍，你拍。”老苏随手一翻，展开《更路经》的一页内文。他话一多，就忘了刚刚跟宋记者强调过的只能拍封面封底的话，宋记者赶紧摁下快门。

老苏展开的这一页，用毛笔写着：

自大潭过东海，用乾巽驶到十二更时，驶半转回乾巽己亥，约有十五更

……

自三峙下石塘，用艮坤寅申，三更半收

自三峙下二圈，用癸丁丑未，平二更半

自三峙下三圈，用壬丙己亥，平四更收

自猫注去干豆……

这一行行犹如天书般难解的文字，让宋记者头昏脑涨，他收起相机，掏出纸笔，说："老苏，你讲些在海上的遭遇吧。听说你经历过各种惊险，跟我随便讲点什么，我写下来，一定很吸引人。"

"讲什么？"

"什么都行。"

"渔民嘛……就那样，有什么好说呢？"

老苏把《更路经》和罗盘重新放归盒子，抱进祖屋锁住。八仙桌的抽屉关住的瞬间，老苏脑子里电光石火，闪过一些片段。

1950年，老苏刚刚上船不久，那时基本上不去南沙，而是随

着船在西沙和中沙捕捞作业。二十多年以后，响应国家战略，他踏上了前往南沙的征途。南沙的气候比西沙、中沙更加变幻莫测，需要船长有真正过硬的技术。老苏带着船员，以一本《更路经》和老罗盘，躲过生命中的一次次劫难。当时的老苏和船员，每发现一个小岛礁，就做一件事：捡起岛礁上的石块，垒成一座小小的“兄弟庙”，烧香祈盼顺风顺水，行船平安。祭拜兄弟庙之风，始于明代，其时，有渔村一百零八人出海遇难，渔村之人便在海边建庙祭奠，既为招魂，也是祈愿。这一百零八位“兄弟”的亡魂，在渔民们的纪念之中，逐渐变成渔民们的保护神。岛礁小而荒凉，不像在渔村里，可以把庙修得高大气派，甚至在庙门上写下“孤魂作颂烟波静，兄弟联吟镜海清”的对联。几块礁石垒成的小洞，便足以安放渔民们的恐惧与不安。若登上的是被别国侵占了的岛礁，老苏还会取出早就准备好的木牌插下，上有大红油漆文字：“中国领土不可侵犯。”来年再登岛，木牌往往不见了，只好把字刻在礁石上。下回再来，刻了字的石头，同样不见了，不知道是被海风、海水磨光还是被别国的人丢了。

那些年里，捕捞不仅仅是捕捞，也是凭着一股中国人的热血，在自己的海域巡游。数十年的海上生涯，他被抓去越南蹲过监狱；也曾登陆某个小岛后，被岛上的外国驻军拿枪顶着肚子；他甚至在海上遭遇过某国士兵的持枪扫射，当时他冷静地指挥船员以装着大米的袋子堆在船舵边挡子弹，让船员躲进船舱，他依靠对罗盘、《更路经》和风向水流的谙熟于心，掌舵闪躲，没有让船员成为新的“兄弟亡魂”。他和穷凶极恶的海盗有过生死搏斗，当然也曾遭遇淡水箱破漏，喝自己的尿解渴救命……这些记忆重叠，堆积，纠缠，在祖屋里的这一瞬，搅成一团糨糊。

老苏走到院子里，宋记者递过去一支烟：“讲讲出海的事嘛！”

“出海？”

“是咯，现在跟以前条件不一样，以前出海，很辛苦啊。”

“世上哪有不辛苦的事？对了，你知道不，以前我们出海，遭遇了不测，要怎么办？”

“遭遇不测？指什么？”

“唉，到底是年轻。渔家每一次出海，都走在生死边缘。风浪大了，连人带船，都找不到痕迹了，硬生生，全部吞没了，丝毫不剩啊。”

宋记者脸色严峻，取出录音笔，调到录音状态。老苏继续讲：“死在风浪里，倒还省事。有人死了，其他人找到他的尸体，水路那么远，把尸体运回来，那才叫辛苦。船在海上航行多天，尸体就摆在船上，又热又潮，腐烂得很快，你说，要怎么运回来？”

宋记者嘴角泛酸，胃里在翻滚。

“得用盐腌。像咸鱼一样，把海盐覆盖在尸体上面，吸收水汽。从不晕船的船员，也会被臭味熏得胆汁都吐出来……”

宋记者手一抖，录音笔掉落在地上，他没去捡，用双手捂住嘴巴，也没能捂住胃里翻涌上来的腥臭，录音笔被秽物覆盖了。宋记者不知道录音笔坏了没有，但他知道，不用录音笔，他也会清楚地记得老苏讲出来的每个字。

海　里

从初登船到真正自己掌舵，老苏用了接近二十年。如果不是一场意外让父亲瘸了右腿，这个时间还得往后延迟。经过最初的不适期，适应船上生活之后，老苏去别的船当船员了。这是渔村的规矩，父子兄弟不能乘同一艘船出海，以免遭遇不测的时候，全家灭绝。在别人船上的那些年里，每次在岸上，父亲都会紧紧叮嘱，让他背熟那本《更路经》，学会看罗盘。对老苏来讲，学这两样东西比在海上晕船呕吐还难受。又不得不学，这也不是谁想学就能学的，《更路经》版本不一，却都是各个船长的珍贵私藏。父亲手头这本，传了几代人，已难以说清。在渔村的很多传说里，最初的《更路经》还与明朝的郑和船队有关，他们相信，下西洋的郑和，曾因为一场风暴，停靠在渔村，尝到了渔村最鲜美的鱼虾，并留下了一部最初的《更路经》。之后，一代代的渔村先民，用一次次惨痛的代价，完善、增补着这部小册子——这是一部附着无数海上亡灵的册子。

一位船长，不仅需要掌舵，也是一个记录者，随时记下海上发生的一切。航行路线附近的水况、最新发现的鱼群位置、岛礁的位置……甚至云层也是观测的对象。云天的变化，很少记录在《更路经》上，那是出海人的一种口口相传的骨血经验。白天，可以通过瞭望水面的颜色来判断海水的深浅，判断附近是否有礁盘——有礁盘的水要浅一些，日光下，是一种翡翠蓝；没有月亮的夜里，那些经历了生死的老船长，通过云层的反光来分辨岛屿、珊瑚礁以及水下的鱼群。对于老船长来讲，每一次出航，也是验证和修订《更路经》的过程。

父亲出海多年，在一次大风暴中，他把所有船员完整地带回来了，甚至连捕捞到的海产也没有减少什么，但是，他付出了一条腿的代价。他严阵以待，顶住了无数次海浪的迎头碰撞，但一次的不留意，他的腿瘸了。伤好之后，父亲萌生退意，老苏很不理解，因为父亲虽然微瘸，但在风平浪静的时候，影响并不大。父亲很坚决，他说："你不是我，你不知道情况，但我知道。这一次放过了我，我再下海，就回不来了。"父亲立即下船，不再掌舵，家里的船交给了老苏。

老苏用了三年的时间，才摆平了自己、船员和那片海域。他指挥着航线，不仅关系到能不能满载而归，还关系到一船人的性命。在之后的好多年里，他的船大多数是满载而归的，但总免不了有失落的时候，白忙一个月，船舱空荡荡。最大的损失，当然是有人把命丢在了海里。比如说，那一次疏忽，老苏船上最好的水手曾椰子，就把命丢在海里了。看到曾椰子的身体浮出水面，船长老苏才想起父亲无数次的告诫："出海的人，永远不能喝酒，否则你总会在醉后淹死在水里。"一直到多年以后，老苏还为此惭愧和自责。

当了船长的老苏，一直严禁船员带酒上船，但还是会有些船员悄悄塞着一点。当夜色笼盖，船员用舌尖舔两舔酒，躺在船板上，遥想茫茫大海尽头处渔村里的家人。若没一点酒，很多人会在咸腥的海风中，洒下饱含盐分的泪滴。

那日，天已亮，曾椰子跟老苏招呼过后，就带着氧气瓶潜到水中去了。在下水之前，老苏闻到了一丝米酒的味道，还没来得及说话，一阵水花溅起，曾椰子已在水中了。这一带是海参出没之地，而海参是此趟出海最重要的目的。老苏不停盯着手表，希望曾椰子在氧气用尽之前浮上来。老苏等到的，是曾椰子抽搐、扭动的身体，在海面上翻滚。老苏和其他船员把他捞上船来没多久，曾椰子就断气了，眼耳鼻甚至肌肤，都渗出鲜红的血。这般死法，突兀而让人惊骇。老苏还没来得及细究曾椰子遇到了什么事情，就得在船员六神无主的哭声中，想好怎么把他的尸体运回渔村。

船员的作业都停歇了，他们只要看一眼曾椰子的惨状，就忍不住剧烈地呕吐。老苏让人把捆在曾椰子身上的氧气瓶脱下，解开他的衣服。又让船员到舱里取来淡水，老苏一点一点擦拭着曾椰子渐渐变得僵硬的尸体，一边洗，一边扇自己的巴掌——他想起了曾椰子下水前他闻到的那丝酒气，想到了父亲持续多年的告诫。父亲那么多年的苦口婆心，也没能阻止惨剧的发生。洗净身体的曾椰子，比下水前瘦了一圈——老苏已经知道他是怎么死的了。

干净衣服换上，曾椰子总算有了点人样。天气炎热，在往渔村赶的过程中，要怎么保存这具尸身，成了最大的问题。船上有装淡水的桶，可太矮，没法把那么高的曾椰子装进去。最后，老苏让船员把一艘挂在渔船上的小船抬上甲板，把曾椰子放了进去。再把海盐取出，覆盖在曾椰子身上。海上作业，时间久，有些鱼没法活着运回到岸上，所以每艘船都备了大量的海盐，用以腌鱼。曾椰子就像咸鱼一样，被盐覆盖在小船上。老苏让船员用铺在船上睡觉的木板，把小船盖住，曾椰子就像一具木乃伊，被封住了。再取来绳子，把木板盖住的小船死死捆住，防止一丝丝的泄漏。本来应该烧在某个海礁上祭拜一百零八兄弟公的线香，插在小船上，被海风吹拂，烧得很快。

船全速返航。

封不住的尸臭开始渗出，起先还很微弱，后来则是汹涌而来。所有人都吐了，连喝水也变成巨大的折磨。经过五天四夜的漫长航行，船才回到渔村，当眼前的碧蓝中冒出椰子树和木麻黄的一线绿色的时候，老苏松开船舵，轰然倒在船头——他这几天几乎没有闭眼过。

上岸后，尸臭味几乎在他鼻孔里萦绕了一个多月。而后来很多年里，每逢压力大，老苏就做着变成曾椰子的梦……在那个梦里，氧气瓶压在老苏的身上，潜到十几米深的地方，所有的肌肤、血肉都挤压着骨头，或许，是早上的那点酒，让他失去了往日的警惕，只专注于眼前的海参。他忘了，氧气已经快要用完。当呼吸开始急促，他慌乱了，忘了要缓慢升起以卸掉沉重的水压，而是一转身，匆匆往水面射去。这一浮太快了，浑身每寸肌肤上的水压顿时消失，体内压力比体外大得多，造成血管爆裂，鲜血渗出……

曾椰子只死了一回，而老苏则在梦中，一次次这么死去，又活过来。

岸 上

一个十字路口就把这个小镇的格局划定了，所有的铺面都沿着十字生长。在统一的风格之下，每家店铺都花尽心思摆放各种器物以吸引游客的目光，有的摆放着一只巨大的船锚，有的则摆放着一堆珊瑚礁，有的甚至把一艘木板深黑的小船斜放在门口……在砗磲生意无比热闹的时候，总有游客在店铺门口摆着各种姿势，拍下照片传到朋友圈。而此时，店铺依旧，却由于少了游客的光顾，平添了萧条慌乱之感。老苏大儿子的店铺在东街的中间，他找来一块石头，在上面刻出一个罗盘的模样——照着老苏的罗盘来刻的——取了一个颇为霸气的名字“望海楼”，立即有了一股在海上指挥若定的气势。

儿子的店铺半掩着门，老苏没有在儿子的店面前停留，而是直接到了阿黄家。阿黄下船早，也是渔村里较早搬到镇上的人，因此拥有先发优势，他家占据了一个很好的位置，处于镇上唯一的十字路口处。阿黄当年买下的地还不小，他的房子除了铺面，还留有很大的一个院子。阿黄的房间在后院，即使闷热，窗子也紧闭着——阿黄已吹不得海边过来的风。他瘫坐在房里的沙发上，还裹着一条薄薄的被单，面前摆放着功夫茶的茶具，已经泡好了颜色金黄的茶水。

“会享受啊你！”老苏说。

“我倒是想到茶店里喝，跟人聊聊天，但哪出得了门？风一吹，鼻涕跟水龙头似的。我这病，那么久了，吊针打了好几回，也不见好……”阿黄的鼻音很重，声音沙哑。

“你这样了，还能喝茶不？”

“我不喝，泡给你喝的。我喝水。”

“我自己来，不然你传染我。”

“也不是你想传染就能传染的。”

老苏拿起一小杯，一饮而尽，茶水已经没有那么烫了。阿黄等了多久呢？茶水是不是一遍遍凉透，又一遍遍添？阿黄又裹紧了身上的被单，身子缩到软沙发里面去："过来的时候，看到镇上那些铺面了？"

"看到了，好多都清空了。"

"谁说不是呢？那些砗磲生意，我总觉得做不长久。千年万年的砗磲贝才能玉化，就这么拿来加工卖了，也是罪过啊……"

"生意人只认钱，哪懂得什么是海？我那儿子，我为这事，才不想搬去跟他住。看着那些砗磲被加工成那样卖掉，心疼啊。"

"……唉，老苏，我找你，是想跟你商量个事。这事我也犹豫了好久，我自己做不来，得你一起才行。我知道你这些年不愿意跟人打交道，不喜欢抛头露面，但这不仅仅是我们自己的事，有时也是不好推掉……"

"镇里找到你的？"

"不仅仅是镇里，还有市里，据说省里领导也很重视。刚才也说到的，镇上这些店铺不让卖砗磲，这不也是好事吗？你也不想看着南海被这么挖吧？可是，不让卖了，镇上这些人，包括你儿子，他们干吗去呢？大家总要吃饭啊，那么多人，总不能说把店铺关了就完事。有些人得分流回渔船上，也有些人得引导去做别的事。上面想在镇上发展旅游，今年渔季开始之时，想举办一个开渔节。上头问来问去，也找不到人来主持开渔节的祭祀仪式，我倒是有心参与，但很多东西，我也不懂，我没当过船长，手头也没有一本经书和罗盘，这活儿，我是做不了的，得你来啊……”

“阿黄，你热心我知道，但那种场面，我哪里把握得了？还得是庆海爹才行，我哪懂这些……”

“庆海爹不都走三年了嘛，去挖他尸骨来主持吗？”

老苏也哑口了。庆海爹还在时，每到开渔之前，渔村的人都会提前商量好祭拜的程序。海风灌涌的港口上，聚满渔村老少。锣鼓敲响，祷词念出，人人点香烧烛，祭拜大海，也祭拜那些丧生在大海中的人。很多年里，庆海爹都是那个事无巨细、把握着全部流程的人，他比老苏大十几岁，是南海上最好的船长。他被称作最好的船长，并非他的船渔获最丰，而是数十年中，他的船员中从未有一人把命丢在大海之中。甚至有人传说，那都是因为庆海爹熟悉祭海之俗，能够和那些海上亡灵交流，每当风暴与危险将至，他都能提前获得信息。依靠手中的《更路经》、罗盘和船舵，他把船驶出一条曲折隐秘的线路，避开了风浪，毫发无伤地返回岸上。庆海爹宣布不再继续担任船长的时候，还曾在渔村引起一阵动荡，少了这么一位定海神针式的人物，村人就慌乱了。还好，每年的祭海仪式，庆海爹都会出席。庆海爹在过世前五年已经行动不便，换他的儿子来主持，村民的向心力便弱了很多。庆海爹一死，仪式等于取消了，各家只在出海之前，各自烧香点烛，轰炸一下鞭炮，算是走了一下过场。

“庆海爹的儿子不还在嘛，那套流程，他懂……”老苏说。

阿黄哼哼冷笑：“那败家子？他倒是懂得照着念，但他眼中只有钱，每件事得多少钱，那是丝毫少不得的，哪请得动他？……何况，那年他为了钱，硬要把罗盘和经书卖掉的事，你又不是不知道。这样的人，哪还能找？”

“这事，应不下来，我这人，话都不会说。我还是刻刻我的木头吧……”

阿黄把裹在身上的被子一抖，滑落地上，他站起来：“老苏，我这身体若还可以，我还想撑着试试，硬着头皮上。实在是没办法了，开渔的时候，我还能不能站直都不好说了。我们这些老的，走的都差不多了，你不应承，还有谁啊？”

“真不行……我再想想……”

老苏告别阿黄后，还没回到渔村，就在街角处被大儿子接到了他家里。当时他脑子一片混乱，差点被一辆摩托车撞倒，儿子从店铺里冲出来，把他往自己店铺里面拽。店铺的货架已经接近清空，地板上一片混乱。不同的袋子里，有的装着砗磲手链，有的装着打磨光滑的整块砗磲贝，还有一些装着完全没有加工过的大贝壳——有些人爱在家里摆这原生态的贝壳，说那是自然的味道。几个小工忙得一团乱，绑好的袋子，分别移到店铺里的不同角落。灰尘沾满了整个店铺，老苏简直无处下脚。往店铺后面走，也是一片慌乱。这些海里的宝贝，曾让这个小镇无比热闹，此时却让整个小镇陷入慌乱。

大儿子很高兴："爸，宋记者跟我说了，说你那天很配合。他的文章写得很好，你看，报纸也登出来了。你还没看到吧？"他从柜台抽出一张报纸，递给老苏。柜台上堆着五六寸厚的一沓报纸，都是同一期的。这是省报的一期特刊，介绍渔民与南海的故事，展开的第三版上，老苏看到了自己的照片，他捧着经书、罗盘的画面，被毫不吝啬地排了三分之一的版面。还有一篇文字，是关于老苏的采访，介绍着他的一些经历。老苏脑子一蒙，平日里，在报纸上出现的都是大领导、大老板，自己一个渔民，被排了这么一张大照片，到茶馆里遇到熟人，还不得被天天挂在嘴边议论？老苏立即把报纸合上了，实在不敢看报纸上的那张老脸，更不敢看记者的文字。

到了楼上坐下，儿子笑呵呵地说："爸，那宋记者是很有本事啊。他回去之后，打了个电话来，说他问到省里砗磲研究会的一位副会长，是一位书法家，也是个大老板，他胃口大，说我这里那些品相好的货，他都能拿下。你也看到，店里乱成那样，就是要把货分好，他中午要来看货。"

老苏松了一口气："挺好嘛，麻烦解决了。"

"是很好，是很好。其实，钱也是压在那些品相好的货里，那些差的，不值几个钱，只要这批货一出，就算是缓过来了。爸，你也在店里待着，别着急回去了，晚上咱们父子俩好好喝几杯……”

“我哪喝酒的？”

“那就待着，吃点马鲛鱼。爸，你在这吃完饭，我开车送你回去。”

马鲛鱼……老苏吞咽了一下口水。海里的东西他吃了多少年，马鲛鱼是永远吃不腻的，那种鲜味，能掩盖所有的烦恼，从舌尖溢散全身，瞬间把人包裹在风平浪静的海水里。老苏有时候也会想，出海那么危险，一代代人把命丢在水里，却还要去，其实和这水中之物的味道关系极大，当舌尖触到一块煎得略微焦黄的马鲛鱼，所有海上的历险，都那么值得。

马鲛鱼……平静的海水……人泡在水中，轻轻摇晃……

老苏只能答应下来。

从二楼的阳台可以看到街面，东边不远，就是港口，渔船正在那里停靠。目前是休渔期，但离开渔已经不远，很多人已经在做着各种准备。儿子把二楼阳台改成了一个喝茶的地方，阳台上吹过来的风，让老苏忍不住打哈欠。他翻开报纸，从大标题里可以看出，这期特刊全是和南海有关的。近些日子，那个与中国相邻的国家在南海上折腾不已，在国际上发起了什么南海仲裁案，省内报纸搞了这么一期特刊，也是在宣誓南海的主权。从专家、官员、收藏者到渔民，特刊都进行了采访，讲述了南海的不同侧面。由于自己被刊登在第三版，老苏不太有心情去细看报纸，他叠了叠，塞进口袋，心想，他娘的，还用得着证明吗？不说别的，就我们一个小渔村，这些年有多少人葬身在这片海里？我们从这片海里找吃食，也把那么多人还给了这片海，那么多祖宗的魂儿，都游荡在水里，这片海不是我们的，是谁的？

书法家穿着一身中式衣服，脸很圆，手腕肥嘟嘟的，左手戴一条粗大的砗磲手串，颜色通透而乳白；右手则是黄花梨手串，深褐色的斑纹鬼脸，好像还会眨眼。这些珠子都很大，可在他肥硕手腕的映衬下，显得很细小。书法家低着头，每个袋子前都蹲下来，细细看着里面的货。作为收藏者，他知道物以稀为贵的道理，现在这些店家慌乱出手，正是低价进货的好时候——禁止交易的规定很快生效，但那是对公开买卖的店铺的要求，真正好藏品的交易，都是私下里进行的。他藏品量惊人，但他从不嫌多，当然，他只收真正的好货。他不时从每个袋子里挑拣出一些次品。书法家挑好后，立即叫来他的司机，跟老苏的儿子一起清点货物，列出清单。书法家拍拍手上的尘土："宋记者的采访，我看了，写得好，故事感人。我想见见你爸，不知道方便不方便？"

老苏的儿子笑了起来："平时他在渔村里，今天刚好在。就在楼上，我叫他下来。"书法家微微点头，不一会儿，书法家就看到满脸铜锈色的老苏。老苏的褐色上衣，塞进黑色的裤子里，腰带有一些脱色。老苏头发稀疏，额头光亮，从额头左侧到下巴处，则布满星星点点的黑色斑痕，他的手背犹如长满毛刺的老树根。书法家伸出右手，老苏犹豫了一下，用他斑驳的手，握上了书法家肥滑软嫩的手掌，感觉到书法家的手抖了抖，老苏赶紧把手松开、缩回。

书法家笑着说："我看到你的采访了，很佩服，想认识认识你。"

"呵……"

"那报纸，我买了很多份送人了，这期报纸做得好啊。"

"呵……"

"我今天来跟你儿子要货……"书法家指着那些被他挑选过的袋子，"那些，我都要，这货，值不少钱啊。我跟你们镇上不少店家都是老朋友了，他们都急着出手，都在找我。宋记者极力推荐了你儿子，我确实是佩服老苏你，在我们的海上出生入死，维护了我们的主权……我是专门到你儿子这里来要货啊……"

"呵……"

"感谢……感谢！"老苏的儿子在一旁说。

书法家收起笑脸："老苏，我是直白人，不绕弯子，这次，除了跟你儿子进货，我就是专门来找你的。"

"找我？"

“是的。我这人，爱收老东西，连当年古代沉船的海捞瓷都有不少，我这次来，就是想问老苏你，能不能把你手头的东西转让给我?”

“我这人，哪有什么东西能让你瞧得上的?”老苏挠挠头，左脸那些斑痕一跳一跳的。

“我想要你手上的《更路经》跟罗盘!”

老苏愣住了，回头看看他儿子。儿子表情紧张，眼神里充满祈求，手捏成拳。老苏尴尬地说：“这东西，不算多贵重，眼下出海，是用不上了，可这是从我爸、我爷爷、我爷爷的爸……一路传下来的，这东西现在到我手上，哪能卖了?”

“老苏，我知道！你看，我这不是跟你儿子做了很大一笔生意嘛。他目前遇到困难，需要出手这些货，我帮他收了那么多，你看……”书法家指着那一个个袋子。

“爸……爸……”儿子喊了两声，把老苏拉到一边，指手画脚，低声说着什么。老苏只是摇头，他儿子头上的汗不断涌出。

“这样吧！我干脆点，老苏，你只要愿意出手，价钱好说，你自己开。另外，我也不挑了，你儿子剩下的这些货，我也给他全拿了。这样，你儿子立即资金回笼，想做点什么，也就宽裕了……”书法家的这句话，把老苏的儿子也惊得愣住了，他唯有看着父亲，不停使眼色，就差跪下去了。

老苏长叹一口气，说：“你跟我儿子做生意，我感谢你。要是别的什么，卖了也就卖了，但这两样东西，也不是自我手上才有的……”

“你看，你看，老苏，你也是不好讲话，你留下这东西，以后不也是要传给你儿子吗？”书法家指了指老苏的儿子，“你以后传给他，他也是能做主的，现在出手，能把他的资金全都救回，他也能赶紧做别的事情去，这不是挺好的事嘛。你这……”

“爸……”儿子抹脸，汗水淋漓。

老苏的语气愈加生冷：“以后我死了，他要卖，是他的事。实在不行，我死前烧了。”老苏脸色黑沉，知道今晚的煎马鲛鱼是没得吃了，迈步跨出店铺。

“老苏……老苏……”书法家喊着，老苏并不应承，他只能转头对着老苏的儿子，“你爸这么不好说话。我想，你还是去做做他的工作，这些货，等你谈定了，一起算吧。我先去老曾那店里看看，他也给我留了些货……”

海　里

天色还没暗透，海面上出现了海螺大小的漩涡，白天波澜不惊的海面，此时变得怪异。老苏的心中紧张起来。这是大风雨即将来临的征兆——可这是12月底啊，春节已经不远，这一趟之后，很快就要返航过年了，这个月份，按常理讲，是不应该有台风的。渔船的位置，在永兴岛、西岛、浪花礁之间，老苏心里很快做出决断，准备前往面积最大的永兴岛避风。船员中有反对的，说老苏太过胆小，这个月份哪会有台风？这一片海域，并非只有老苏的一艘船，从海南岛来的不少船只，最近都聚集在这片海域。前些时候，有一艘外国的大轮船经过这里，触礁沉没了，满满一船的货物，全洒在海里，附近知情的渔民很快围聚过来打捞，反而没再去留意鱼虾。白天，各艘船散开打捞货物，夜里，亮着灯，各艘船一起停靠在附近一个小小的岛礁。

一看到水面起了漩涡，老苏喊起来："大家也看看，是不是要起风？"

各家船长都走出船舱，细细观看水面，脸色凝重。

老苏说："我看风是要起，这里太小，风要来了，怕是没处躲，还是得提早去永兴岛。"

老苏让船员起锚，掉转船头，朝永兴岛的方向而去。20世纪70年代以前，大多是木帆船，而此时是1973年了，大多是机船，发动机带动船桨，哗啦啦打着水花。七八艘渔船，也跟随着老苏的船，一起前往永兴岛。渐渐黑起来的海面上，一串亮灯的船队，像一条在海面上流动的龙。

"老苏！老苏！"声音来自一艘逐渐靠近岛礁的船。

老苏缓慢把船停下，那艘船也慢慢移靠过来。那是一艘新造的大吨位渔船，船长是个中年人，前些时候，那艘船才从渔港下水。那船长老苏也是认识的，两艘船基本上同时出发，沿着相同的航线，但大船速度快，比老苏要早抵达这片海域。

“老苏，去哪儿啊？”对面船高，中年船长的声音压下来。

老苏指着海面：“水面奇怪，怕是要来风浪，去永兴岛躲躲！”

“哈哈哈，老苏，出海多年了，哪听说过12月有台风的？也太胆小了。”

“满船的人呢，哪能开玩笑？海上找吃的，不靠赌气，不靠胆子肥，得小心啊。”

“老苏，这气我就赌一把！”那艘大吨位船立即加速，把老苏的呼喊抛弃在海面上。

对渔民来讲，永兴岛是茫茫南海中最安全的地方。它的面积足够大，有渔民在岛上盖了临时的房子，也有部队官兵驻扎在这里。从永兴岛上岸之后，船员们都分散住到那些临时搭建的房子里，老苏听到了船员们的埋怨。船员们在牢骚中睡着之后，老苏还在翻来覆去。他踱步到小岛的岸边，观察着水面的变化，他更把目光放长，希望能从海面上看到有一点渔火出现。那渔火一直没有出现。

风终于起来了，在接近凌晨四点的时候，原本轻拂的风，显示出了猛烈的气势，海浪开始翻滚，不断击打着岸边，抛锚定好的渔船也被浪拍打得噼啪作响。雨的到来要缓慢得多。先是洒下一些小点，大半个小时后，倾盆大雨才追赶过来。老苏不能再在岸边待着了，他回到屋子里，浑身已经全湿了。因岛上缺少水泥和砖石，这些房子都用木头搭建，覆盖着铁皮、油毛毡，在风雨中有随时被刮走的感觉。撑了没多久，这些房子全被掀垮了，渔民们匆忙到岛上水产公司的加工房躲避。因为返航回海南岛比较遥远，这家国营的水产公司把加工部门设到永兴岛上，方便捕捞之后，就近加工水产，再运输回海南岛。这些加工房把钢管打进土里，要牢靠得多，可仍然在狂风暴雨中摇摇晃晃。

渔民们聚到一块，也没说话，安静地听着外头的风雨交加。

“唉，还好我们躲上岛来了，还好……”终于有人从哪个角落说了一句。

“那艘大船，回来了吗？”

又都沉默了。

暗黑之中，有人压抑不住，抽泣起来。

几乎所有人都没怎么睡好，天色发白之后，呼噜声才相继四起。

这场罕见的冬季台风，竟然刮了整整三天。其间最大的风浪有十多米，巨浪吞没着一切，连这永兴岛好像也不安全了。在这三天里，每逢风小一些，老苏就要冒雨去岸边查看渔船，他担心锚和绳子也没法拉住他的船。

台风过后，天空如洗，一切恢复平静，岛上一片狼藉。老苏决定休整两天再出海。有些渔民已经跃跃欲试，准备出海收拾还在风浪里惊慌失措的鱼虾。水产公司的渔民出去后，第一天就有了收获，竟然捕获了好几条大鲨鱼。老苏出海，从未动过捕捞鲨鱼的念头，听说那些海中霸王被拉回永兴岛的时候，老苏也跟着躲风的渔民去围观，还吸引来一些在岛上驻扎的士兵。捕获的鲨鱼有六条，有大有小，很显然，这些鲨鱼在被射伤之后，再被粗大的网捆住，拉到永兴岛，已经全都死去了。它们巨大的身躯，还是把老苏给震撼了，浑圆的肚子像打满了气。

老苏穿着拖鞋，走到沙滩边上，伸腿踢踢那些鲨鱼的肚子，鲨鱼弹性很足，把老苏的脚打滑到一边去。人都围拢过来。加工人员脸上笑开了花："先挑一条最大的看看，吃了什么东西，肚子这么圆！"锋利的大刀划过，鲨鱼肚子被剖开。猛烈的腥味有着巨大的推力，把围聚的人给推开了。刀继续划开，划开鲨鱼的胃，有圆滚滚的东西掉出来，也有条形的东西掉出来，浓烈的腥臭味更加强烈了，围观的人又退缩了几步，有人受不了这强烈腥臭味的刺激，蹲下来呕吐。加工人员皱起脸来，他用长刀推了推那圆滚滚的东西，它又滚动了几下。

尖叫声响起来："人头！"

是人头，正面朝上，脸上粘着鲨鱼胃里的黏液，可没被胃酸化完，还能看出那是一张人脸。那人眼睛暴凸，瞪着所有围观的人。

尖叫声此起彼伏，老苏也再次往后退。那加工人员也吓得手中的刀掉落了下来。大家这才注意到，刚才掉落的那些条形的东西，是人的手脚。

——这些鲨鱼，是被人喂饱的。

在大家的惊慌失措中，围观的士兵们主动上前，接过刀，把剩下的几条鲨鱼也都剖腹了。无一例外，鲨鱼肚子里，全都是人头与残肢。

士兵清洗那些残骸后，老苏和船员从还没被腐蚀殆尽的四个残破的人头中，隐约辨认和猜测，应该是那艘大吨位渔船上的渔民。那艘船上可是有着三十多人啊，马上要过春节了……所有的渔民都号哭起来。

哭声是永兴岛的另一场台风。

岸 上

那一天风小，阿黄想下楼走走，刚上街，就摇摇晃晃，昏倒在地。家人叫来了救护车，先送到了市里，还没办下住院手续，市医院就联系了省医院，直接送到了省城。省医院正好有京城专家前来坐诊，把阿黄全身检查之后，给他家人做出了“不建议手术”的诊断。阿黄把家中儿女叫来，儿女都唯唯诺诺，阿黄绷着脸：“是不是癌？”沉默，等于说出了答案。阿黄说：“待在医院有用吗？”又是沉默。阿黄说：“回去吧，医院里味道重，我待不惯。”是肺部的问题。得知阿黄是老渔民之后，医生貌似很确定地说，可能是当年海上捕捞，长期在水中憋气，对肺部造成了很大的损伤，应该是老毛病了，不过是到了现在，才集中爆发了。

阿黄有个女儿嫁到广东，夫家很有钱，她从广东飞回之后，强烈要求把阿黄送去广东就诊，说岛内医疗技术不行，得到广东的大医院。她在医院里把所有的兄弟姐妹都数落了一番，说他们纯粹是舍不得钱，又说既然这样，那么医疗费由她出。她的话惹得一家人在病房里争吵不休。阿黄冷冷地喊了一声：“不去广东了，我要回家。不是钱的事，我不想被割成碎肉。硬要叫我去，我就从这病房窗子跳下去。”阿黄的轻描淡写中，藏着斩钉截铁。医院开了止痛药之后，阿黄回到镇上来了。阿黄家离镇卫生院不远，阿黄就待在家里，由卫生院的护士上门给他换药水。

老苏来看阿黄的时候，他正斜靠在一个厚厚的枕头上，手臂上扎着吊瓶——自医院回来之后，这药水每天都要输送到他的体内。他曾抗议说不打了不打了，可汹涌而来的剧痛，要把他撕成碎片，他不得不让针头扎进体内。剧痛的袭来，会让阿黄有一种在海水中挣扎的窒息感。很多年里，他在海水中作业，穿梭如游鱼，那种摆动身姿的自由，让他觉得自己应该属于大海而不是陆地。他当然也遇到过在水中快要溺亡的时候，还不止一次，浑身扭动、挣扎，却毫无用处，逐渐陷入更深黑的海底。阿黄曾想，千万种死法里面，溺亡在海中，一定是最惨烈、痛苦的那种。因病而带来的剧痛，若不靠止痛药压制，阿黄就得一次次经历溺入海水的绝望——他得依靠止痛针，一次次从水底返回岸上。

老苏捏了捏阿黄的右手，没有任何反馈的力道，只有穿透掌心的凉意。

“我就该死在水里。”阿黄嘴唇动了动，老苏得静静地听，才能听到那浑浊、带着粗气的话。

阿黄惧怕着海水，又渴望着死在水中。

老苏摇头苦笑。

阿黄忽然想起什么:“老苏，那事，你答应下来了吗?”

“什么事?”

“开渔节的祭海啊……这些年……呵呵呵……”

“这事，我答应不下来啊!”

阿黄猛地坐直，就要从床上翻身下来。老苏按住阿黄:“你坐下，你坐下，起来干吗呢?”阿黄不理他，伸手去抓挂在床头一个铁架子上的药水瓶。阿黄的手一伸出，浑身就抖动如电击。老苏只好一只手扶住阿黄，一只手取下药水瓶。阿黄摆摆手，往阳台边去。阳台外，日光猛烈，海风也很大。阿黄拉开门，有风灌进来，他的抖动更加剧烈，老苏害怕他会摔倒。阿黄靠着阳台的栏杆，老苏只能扶着他。

小镇的街巷上烟尘滚滚，人人貌似慵懒，但很多人都因为禁卖砗磲的最后期限即将到来而手忙脚乱。不仅仅是店家，镇上的有关部门也很茫然，禁令来得很突然，与这个产业有关的数千人要分流到其他地方去，并非一件容易的事。大儿子到渔村里找过老苏几回，没怎么说话，就静悄悄地站在他身边，看着他刻那树根。老苏不说话，他也就不说话，站到暮色将起的时候，转身离开。老苏知道大儿子的心意，知道他内心的焦躁和无奈，知道他没能开口提出的那个要求……可老苏能怎么做呢？真的要把《更路经》和罗盘卖给那个书法家？若不卖，那堆货砸在儿子手中，儿子一朝欠人家一屁股债，今后怕是父子也没得做了。

阿黄的脸色愈加蜡黄，他的气息是不规律的："大家靠海吃海，但现在没人祭海了，大家都信仪器，不信仪式。一门心思只想着钱，渔村没有了……没有了……" 老苏不知道该怎么回话，只好不说，他拍拍阿黄的肩膀。刮过来的海风越来越大，怕阿黄身子承受不住，老苏把他强拉回房间里。

老伴的坟墓离渔村不远，却是一块背着海风的地方，老苏心烦意乱时，会到那里坐坐，想一些事情。慢慢算下来，出船那些年，老苏一年中没多少时间见到老伴。女人不能上船是渔村多年的习俗，因为女人上了渔船，导致渔船如何出事的传说，从未断绝过。年轻时，出船一两个月，颠簸劳顿倒不是最苦的，最苦的是对女人身体的渴望。白天还好，在水中、烈日下搏斗；夜里，躺在船板上，星光满天，船随风轻晃，体内的欲望都被摇出来了。每次船回渔村，老苏和其他男人一样，在船头看到岸上的女人之后，内心的焦灼和渴盼达到了顶点。但，还得先把所有的渔获卸下船，再洗一顿痛快的淡水澡以后，才开始在女人身上驰骋。女人也憋久了，好奇地问起老苏海上的遭遇，老苏顾不上回答，只是横冲直撞，女人淹没在老苏的狂风暴雨之中。年纪渐大以后，需求少了，老苏会花很多时间说起海上的遭遇，激起自己女人的阵阵惊叹与尖叫。每次到了最后，女人总会在一阵哭泣中睡去。睡去之前，女人会讲到她在岸上的担惊受怕，讲到她如何照看家里到处野的孩子。老苏知道，在岸上的女人，并不比出船更轻松。

有一回，掌舵期间，老苏的手抖了抖，一股莫名的感觉从水中渗入他的体内。他没跟任何一个船员讲这话，他还需要把他们安全地带回岸上。返回之后，他内心和当年瘸了腿的父亲一样坚决，第一句话就是告诉老伴："以后，不出海了。"老伴说："手抖了？"老苏点点头。多年前父亲就说过"大海养人也埋人"的话，手发抖，就是海上的亡灵给他提了醒。回到岸上，他和老伴之间的话多了起来，他一次次说起数十年里在海上的各种细节。在这样的讲述中，他不断重返大海之上。这样的重返，随着老伴的过世而结束了。床头空出，老苏每夜睡觉都少了说话的人。

从船上退下来之后，老苏的渔船在渔港边搁置了许久。儿孙都不再出海，不再经营船上的捕捞，老苏想把船售出去。渔村里，船并不好出手，最后，是另外一个县的一位海鲜店老板买去了。船并不是买来捕捞，而是变成了移动餐厅。海鲜店开在海边，有一些包厢在岸上，也有一些包厢在一些渔船改成的船上，客人点餐之后，渔船离岸，在水上摇摆着，客人一边大快朵颐，一边吹着海风，有种不知今夕何夕的感觉。

船卖出去后，老苏有一次思念那艘船，悄悄跑了几个县，找到那家海鲜店，寻找自己的船。海鲜店有三艘可以开出去的包厢，外面都涂上统一的靓丽油彩，挂着一盏盏灯笼，老苏辨认了好久，才找到那艘曾经很熟悉的船。看到渔船成了这副模样，老苏内心悲凉，想转身离开，却被那老板拉住了，非要让他上自己那艘船看看。老板给这间包厢取了一个名字——老船长号。老板让人把船开动，带着老苏转了一圈，老苏越来越难受，竟然有些晕船，让赶紧靠岸，低着头就走了。

他再没去看过那艘船。

他一直后悔把船卖给了海鲜店老板，他宁愿把它放在岸边，让它在海风中坏掉。

海 里

从船上退下来之后，老苏也上过几次船的，都不是去远海，只是那些在近海的小船，早上出去，傍晚便会回来，他就是到船上过过瘾。船家撒下渔网之时，他便在一旁看，要前去帮忙，船家也不愿意，怕他手慢，耽误了。船家倒是会问他意见，哪片海域鱼虾多一些，他观察了一下方位和波纹，指着一个地方，船家便在那里下网，果然拉网的手觉得沉甸甸的。

船员忙着网鱼之时，老苏有时也会取下一个救生圈，绳子绑在胸口，跳进水中游泳。船员也不理他。渔村的人水性都好，有时兴致来了，都会到水里游一阵。老苏双腿划动，仰着头，看着日头强烈地射在水面上，光线刺眼。他总是仰泳，双手双脚缓慢地踩水，便会浮在水面上。这是最放松的时候，手脚酸了，还可以抓住救生圈，连踩水都省了。游累之后，朝船上招呼一下，便有人丢下一个软梯，他顺着梯子爬到船上。上船之后，他打两瓢淡水冲冲身子，把身上的盐分勉强冲掉。

但那一回之后，再也没有船家愿意让老苏上船了。那次，他踩着水，浑身越来越舒坦，就抱住了救生圈。慢慢地，他有了昏昏欲睡之感，他想睁开眼睛，可更大的困倦压合他的眼皮，他双手竟然松开了救生圈，人朝水里潜去。耳鼻一淹入水中，他就有些惊醒过来了，可他并没有立即浮出水面。日光照射进海里，离水面四五米处都可以看到，可更深处的碧蓝，一无所知。在一瞬间，幽深的水底强烈地吸引了他。他主动往深处潜去。胸口绑救生圈的绳子阻碍了他，他竟然拉松了绳结，继续往深处去。身上的水压越来越沉，呼吸也越发急促了，老苏很清楚，继续往下，就会永远留在海里了。他明明知道后果会怎样，可海水更深处，还是对他有着强烈的吸引力。他眼前不再是碧蓝的水，而是闪亮的光，是金碧辉煌的海底宫殿。

无数已经消失在海上的面孔，就在那宫殿里欢迎他。站在前面的那个年轻人，没看错，是曾椰子，那个当年浑身毛孔冒血，被用海盐腌回渔村的水手。老苏想，曾椰子当时是不是也看到了眼前的景象，才越潜越深呢？曾椰子身边那一群人，应该是在那次冬天风暴里葬身鲨鱼肚子的人们，站在前面的，就是那个中年船长。他还是一脸傲气，那年的台风和鲨鱼，并没有把他的傲气吞下去。老苏的父亲也在。父亲本来是死在岸上的，怎么会也在呢？但那不是他，又是谁呢？父亲紧盯着他，不知道是欢喜还是悲戚。他想起父亲过世之前，曾留下遗言，让把他的尸体烧成灰后撒进海里，老苏并没有遵照父亲的话来做。把父亲埋进墓地之后，老苏倒是把父亲的衣裤等烧了，撒进海里。此时父亲为什么是那样的神情呢？他是在怪罪自己吗？

更多的面孔，是他见所未见的，甚至有很多穿着古代衣服的人，那是传说中的一百零八兄弟公吗？海底的宫殿有光，光是黄色的，还会变化，变成橙色，接着变红变紫。那些光不能看，一旦直视，便目眩神迷。晕眩让他更想睡了，可他奋力看着眼前这些人。这么多人拥堵在宫殿的门口，是在欢迎他吗？身上的水压、鼻腔里水的堵塞、体内的缺氧，并没有让他觉得难以忍受，而让他感到前所未有的安详。他继续朝宫殿潜去，快速扑向那变化中的光。

可他没法潜了，他的两只手臂被抓住了，他本能地扭动起来。一扭动，辉煌的宫殿就消失了，宫殿里的人也消失了。安详也消失了，只有缺氧的痛苦，他浑身扭动，直至昏厥过去。

醒来后，已在船上。

是船上的两个年轻人救了他。船上有人看到老苏脱开胸口的绳子，立即报告了船长，船上水性最好的两个人，立即绑着绳子跳到水中救人。船上的人看着两个年轻人钻进水中，每一秒都那么漫长。当三人浮出水面，船上的人赶紧拉收绳子。老苏被压出满口满口的海水，才醒过来。船长一直在船板上跳："老苏，你这是要害死我，你这是要害死我……老苏，你说，你跟着我的船出来，却把绳子解开，是想干吗？你不想活了，还要把我一船人也都拉下水吗？老苏，你……"老苏又能说什么呢？他一言不发，他也不明白刚才怎么就鬼使神差要往深处去。刚才眼前所见，又是怎么一回事呢？老苏坐了起来，海风吹着，他觉得冷了，日头猛烈，但寒冷如刺入骨髓一般。船长用力跺脚，高喊："回去。"

那一回之后，老苏再未有机会出海——所有的渔船，都拒绝他的靠近。一个惯于水上生活的人，只能远远看着渔船，再也难以登上。

他只好用一块树根，刻一艘独属于自己的小船。

岸 上

大儿子躺在床上，右腿绑着绷带，呻吟不断。儿媳妇跟大孙子，都在旁边看着。绷带里是跌打损伤的药，散发着刺鼻的气味。绷带上，有一团一团的污迹，那是血凝结后颜色可疑的污块。老苏来到儿子家，看到这景象，问道："怎么回事？"大儿子闷着头，不作声。儿媳妇推了推大儿子的手，他还是摇摇头，不说话。儿媳妇憋不住了："还不是欠人家的钱欠的，再过几天，估计这腿都要给卸下来了。"大儿子的头更低了。接到孙子电话的时候，老苏已经大概问出了什么事。那些积压在手中的砗磲，让儿子最近的资金周转出了问题，追债的人多了，就有人在夜里堵着他，来了一顿拳打脚踢的警告。最近镇上这类事情越来越多，尤其是之前陷入困境而去借了民间高利贷的。

大儿子猛抬头，喊："你跟爸乱讲什么讲？出去！"

儿媳的声音更大了："我说什么了？我说什么了？这不是事

实吗？”

孙子也说：“妈，你少说两句。爷爷都清楚。我跟爷爷讲过了。”

她仍旧没有放低声音：“反倒是我的不是了？当时人家那老板要把这些货全部收走，要不是爸不肯把那个……出手，事情早解决了。我们何至于把这堆废物压在手上？”

大儿子抬头猛瞪着他老婆，想说什么，却又把头低下了。

老苏坐到儿子床边，摸了摸儿子腿上的绷带，儿子发出些微呻吟，老苏问：“医生怎么说？”

“也没什么，皮外伤，擦擦药膏，休息几天就好了。”

老苏点点头：“那些货还是没人收？”

“有收的，价格很低。”

“我倒打听到，有些人开始按住，不出手了。他们说，现在砗磲不让捞，以后肯定价钱会更高，面上说不让卖，只要是好货，私下里卖给藏家，估计没法查，价格也保证。”

“爸，话是这样说，但我耗不起啊。还有，万一有人举报呢？主要是，我现在手头空了，外面债务追得紧，要是手松，我也就任那些东西丢那就是……”

老苏沉思良久，伸手拍拍儿子受伤的腿，站起来，盯着上了高中的孙子：“你跟我回家一趟，我把东西给你，你带来给你爸。”

“爸，那是……”大儿子有些哽咽。

"人最重要。要是人都没了，留着那东西也没用。卖给懂行的人，可能保存得比留在我们手中还好。《更路经》比人活得长，我早想清楚这事了。"

老苏昂着头走出去了，他孙子盯着父母的脸，犹豫着要不要跟上去。儿媳妇一直眨眼，床上的伤号点点头，孙子才跑出去。儿媳跑到二楼的阳台外，探头看着她儿子和老苏走远，兴奋地跑回丈夫身边："这下成了。"

他把脸藏回床角。

她埋怨道："要早听我的，也不至于那么麻烦，不至于拖到现在。你一会儿就给那个书法家打电话，东西早点给人家送去。早点把钱抓自己手里才是正事……"

他的脸仍旧藏在阴影里，看不出是什么表情。

她伸手摇晃着他的肩膀："这事……总算……"

"少废话！"

"什么？"

"滚！"声音撕心裂肺，带着哭腔。

一直劝老苏去主持祭海仪式的阿黄，并没有见到祭海仪式。老苏把《更路经》和罗盘交给孙子一周后，阿黄就忽然从家里消失了。早上，家人去看阿黄，发现了他床上空空的，还剩一半的盐水瓶放在枕头上，针头滑落到地上，人已经不知去向。全家人四处找寻，并没发现任何踪迹。去派出所报了警，镇上不少人也都出动，还是没找到。派出所人员问阿黄家里人，他行动不便，又是半夜出门，你们竟没人能发现？家里人哑口无言。

老苏听到消息时，并没有多大的震惊。他悄悄到了海边，对着起伏的潮汐，点燃香烛，对着大海拜了拜。永远有波浪不断涌上，又立即退去，所有的痕迹，在水的面前都是暂时的。阳光泛着金黄色，把海水映照出不同的蓝，靠近沙滩处的水是泛绿的，越往深处，越变得深蓝。沙滩边，长着一排排野菠萝，接着是一排排椰子树，再远一些，是木麻黄林。很多年里，这里都是很热闹的。翻晒、缝补渔网的人，在夕阳下留下剪影，再被夜色覆盖。

天色亮得花眼，老苏眼前却仿佛一片漆黑。就像当年瞬间就感知到曾椰子是怎么死的那样，老苏也理解了阿黄独自离去的心情。自己不是也要扎身潜水，去往那个海上亡灵的宫殿吗？老苏好像清晰地看到，昨晚后半夜，阿黄在内心搏斗之后，终于义无反顾拔掉针头。下定决心的他，有着回光返照的镇定，有着最佳水手的充沛精力，他躲开家人的一切耳目，悄悄走出房门，穿过小镇的街巷。他悄悄解下一艘无人注意的小木船，用尽所有的力气，往大海更远处划去。月虽不圆，但月光铺满海面，小船沿着水面上的月光之路划远。最后，阿黄这位当年最优秀的水手，翻了一个身，投入了海水之中。一直念叨着应该死在水中的阿黄，不愿在一场绝症中饱受折磨，就钻进大海，寻找那些把身体和魂魄都留在海水中的伙伴去了。

老苏又想起当初阿黄说有好东西给他看，他没去，那是什么呢？是那艘他给自己准备好，要划出去的小船吗？老苏让阿黄的家人在附近的海域搜寻一下。阿黄的家人半信半疑，却也没了法子，到处打听有没有哪家人丢失了小木船，却只得到一阵阵的摇头。不少年轻人驾着船在渔港附近的海域搜寻了两天，也没有任何结果。倒是有人发现了半艘破旧的船板，离海边也不远，集中人力搜寻了半天，水性好的人还带着氧气瓶扎入水底，毫无痕迹。所有的搜寻都徒劳无功。虽然还没放弃希望，但阿黄家的人，已经准备好依照渔村的习俗，像安葬那些葬身大海的人一样安葬阿黄。

祭海仪式在小镇的渔港边举行。

砗磲禁售令已经生效，镇上的店面清空了。有的改成了卖烟酒的杂货铺，有的改成了小饭馆，也有的准备改装成民宿，更多的店铺则还空着，店家尚没想好要经营什么。开渔季来临，市里准备把开渔节打造成旅游节，邀请了不少游客、媒体和上级领导。小镇上人山人海，老苏从未见镇上这么热闹过。一想到还要表演，穿着长袍的他，浑身的汗就淋漓而下。附近的渔船全部聚集在渔港这里，排好了队，只等着开渔节之后，千帆竞发，往南海而去。老苏也没见过这么大的出海阵仗。当年开渔也是多艘船一起出航，可哪有眼前政府部门组织的这种仪式声势浩大啊？

渔港边搭了一个主席台，彩旗飘荡，围聚的人带动了无数小生意。主席台前拥挤不堪。十点半，仪式开始了。先是领导讲话，大概讲了今后将如何以旅游带动小镇的渔业发展，如何让渔业成为小镇旅游的新特色，还计划推出近海捕捞的旅游项目，由旅游公司出面打造，游客可以随渔船出海，体验真实的海上生活。当然也讲到了，要如何引导小镇转型……后面很多话，老苏没听进去，也听不懂。按照安排，领导讲话之后，就轮到他了，他在后台，坐着也不是，站着也不是，脚都是发抖的，哪怕在海上突然遭遇台风，他也没这么紧张过。他朝旁边的工作人员一招手："给我拿点白酒。"工作人员有些纳闷，以为仪式需要用到，赶紧跑步去买。老苏接过白酒之后，拔开瓶盖，狠狠地灌了一口，酒气上涌。从不饮酒的老苏，为了制服心中的惊涛骇浪，咬着牙把怪味吞了下去。

领导讲话完了，主持人喊了一声："开始！"

老苏拍了自己两巴掌，拍出两口酒气，终于安定心神。他缓缓走到主席台前的红布旁。此时，所有的目光都注视着他。所有的紧张已经没有了，老苏手中捧着两张纸。在此时，老苏觉得自己已经不是老苏，而是过世的庆海爹——他走路的样子，都有点像庆海爹了。老苏点点头，有人给他递上一个话筒。老苏高声喊道："祭海仪式开始。"声音在人群中回荡，那么多人，都屏住了呼吸，只有海风摇晃着渔港上的船帆和主席台周围的彩旗。老苏道："各家船长，上前领香。"各家船长走到老苏身旁的祭坛上，各自领取了一支线香，按照此前排好的位置，前后站定。

老苏喊道："念《祭海文》。"

船长们低头作揖。老苏念道：

海南省某某市某某镇，叩请恩光香河主众宗亲、五姓孤魂、一百零八兄弟。

山川银露，男女神畅，保佑祖国领土、海洋完整。

渔民远到三沙生产，求财财到，求利利来，好人相逢，恶人走背。

东方财源到，西方财源也不停，南方财源广进，北方财源接接来。

利禄宏开，生产安全，蚌盒变珠宝，渔乡笑呵呵。

兄弟公保佑渔民精神饱满，满载而归。

子孙给尔祭海仪式。

出海生产！叩首，再叩首，三叩首！

老苏带领所有船长，向着大海的方向跪拜。场边有些渔家的人，也跪了下来。这篇祭文，并非传自庆海爹，而是老苏按照当年庆海爹祭海的零星记忆，加上自己想的几句话，找来村子里稍懂文字的人，写了下来，也不管是否通顺，先念了再说。

《祭海文》念毕，老苏喊道："念《除妖文》。"

所有船长列队恭听。

天最神，地最神，人离难，难离身。

南无法、南无佛、南无观世音菩萨。

阿弥陀佛、蓬莱仙、象天地、仙真人、

三官五雷神、兵统领神、兵竟西方万名古佛明圣经，

亨前汉末清，归于无大道；乾元亨利贞，乾元亨利贞；

吾捧太上老君火，急急如律令。

伏发伏发！

念完之后，仍是向着大海的方向跪拜。

第三个项目，是敬拜《更路经》、罗盘。祖传的《更路经》和罗盘已卖给了书法家——这本是他自己多年来断断续续手抄的备份，罗盘则是一个新的，已经用玻璃罩扣住，摆放在祭坛之上。因为这两件都不是老旧的东西，老苏有些心神不定，害怕有人指出，害怕露馅，也害怕若是哪天出海的渔船出了啥事，会有人怪罪说因为这两件新东西镇不住。他还想到阿黄最介怀的，就

是庆海爹的儿子，把庆海爹的经书和罗盘卖了，可自己不也卖了吗？老苏强压住混乱的心绪，凝神静气，把还萦绕在喉舌之间的白酒的味道，当作自己的镇静剂。老苏也刹那闪过一个念头：要是用来祭海的，是自家的那两件老东西，该多好啊——即使要卖，祭拜了再卖也行啊……但……唉……这事，没得假设了。老苏心头涌上对父亲、祖父以及更久远的先祖的愧疚，手不禁有些发抖，他越是努力镇定，手越是抖动得厉害。旁边的船长，并没有觉得有啥不妥，他们甚至因此觉得老苏在全身心投入。在老苏的指挥下，所有船长在祭坛面前，向《更路经》和罗盘敬拜，祈祷保佑海上顺风顺水，平平安安。之后，燃放鞭炮，燃烧纸钱，各种气味向老苏口鼻涌来，呛得他几乎要流泪。后面所有的喧闹，就跟老苏无关了。他脑子一片空白，所有人潮的涌动，他都闭眼不看。一阵阵喧闹以后，好几位领导在主席台上，用剪刀剪断一条彩带，之前讲话的领导高喊一声："开渔！出发！"

渔船开始鸣笛，离岸出港。

老苏坚持要抱着自己刻好的那艘船出海去，让它随自己去吹一趟海风。

那艘船上漆之后，油光闪亮，渔船上该有的部分，一概不少，抱在手上，沉甸甸的。祭海仪式之后，老苏随着市内、镇上的相关领导一起上了一艘大船。组织者是旅行社的负责人，也邀请了周边的一些老渔民。他们要给新规划的旅游线路踩线，说是开拓什么海上新线路，拓展未来海洋旅游新方向，给热爱出行的人带来更极致的新鲜体验……都是一些老苏听不大懂的话。停靠岸边的时候，船随波轻荡，抱着自己雕刻的木船踩上甲板，老苏竟然有一点晕船。老苏赶紧把小木船摆放在甲板之上，自己伸手扶住船身。

船离开岸，往大海深处而去，船上、岸上尽是欢呼的声音。那些老渔民也在欢呼，尽管出海几十年，但这一次他们是前所未有地放松，可以谈笑风生，可以指指点点，可以不理船怎么开、会不会遭遇风浪，这是他们第一次卸下担子出海。带着咸味的海风迎面而来，老苏晕船的感觉更重了，他忍不住嘲笑自己，还算是一个出海几十年的老渔民吗？他的脸色迅速苍白起来，喘气都有些急促，甚至喉咙泛酸，有呕吐将至的感觉。看到他神情不对，两个年轻人赶紧过来，把他扶进舱内，安排了一个位置让他坐好。坐着，也并不能减轻一丁点儿晕船之感，若不是船已经开出老远，或许他会要求上岸。当然，上岸的念头只是从心底一闪而过，他为自己冒出这个念头而脸红。他只能强忍着，尽量让自己去看船舱外的波光闪闪的海面和飞溅而起的浪花。恍惚之间，老苏回到了当年第一次随父亲出海的时候，回到了曾椰子的尸体被腌在船上臭味难忍的时候，回到想潜入深海留在那个海底宫殿的时候。亲手雕刻好的木船，就放在脚下，好像那并不是一座雕塑，而是自己当年驰骋海面的那艘渔船。这艘小木船，跟真正的船一样，也有一个船舱，揭开一块板，里头空空的，这是老苏留给自己的位置。他想着，哪天要过世了，就叮嘱儿孙们，把他烧成灰，装进这艘船里，放到海上，让它随着海浪漂荡，无论沉在哪片海域都好……这个念头他不敢深想，他知道，即使交代了儿孙们，他们也未必会按照自己的想法去做——他当初不也没听父亲的交代，没把他撒进大海里吗？这个家族，总是出一些不听父亲话的逆子。即使完不成这心愿，老苏也愿意随时摸着这艘小船。

晕船感在开出大半个小时之后才减轻。旅行社的一位导游扶着老苏到船长的驾驶室内。老苏交代道："把我的船看好！"那导游笑了："老苏，没人动你东西。"老苏回头看了几次，才跟着进到驾驶室内。船长立即站起来，是一位四十几岁的中年人，他伸手跟老苏握了握："苏爹，您好！这一次，还得麻烦您帮我们费心看看。到时要是有游客来，当然得让那些客人玩开心了，水下得能钓到鱼才是；还得麻烦您一起帮着我们找一找，哪片海域比较适合海钓，哪一片适合深海潜水。"

老苏说："多年没出海了，陌生了，陌生了。"

"别这么说，海上的路线图，都刻在您脑子里呢。现在仪器很先进，我们就缺少经验，以后还少不得请你们这样的老渔民帮帮忙呢！"他的手一划，"看看，这就是我们现在的驾驶室，跟你们以前的掌舵行船，差别可大了。”老苏看着眼前的一片仪器，各种仪表闪着光，还有面积不小的显示屏，显示着卫星定位导航，显示着离岸边多远，显示着船航行过的路线。老苏赞叹道：“这些东西，得学多久才会使啊？”船长笑了：“比您学那经书容易多了，您到前面来看看，观察一下这片海，看看怎么样？”

老苏走近玻璃窗，外头的海面清清楚楚，但不会再有海风直扑而来，不会有海风给他浑身涂抹上一层厚厚的海盐。当船头的海水像要迎面扑来的时候，他的晕船也就消失了。他挺了挺腰板，直愣愣地看着外头的水纹变化。他知道，当年所有沉睡的记忆已经在此刻复活，天空、水面出现任何一丁点颜色、形状的变化，他都能立即知道，那貌似如常的海面之下，隐藏着什么样的鱼虾、奇景或危险。腰板是怎么挺都挺不直了，但老苏知道，只要站在船身的最前面，毫无疑问，他就还是那个指挥若定的船长——这艘船上，唯一的船长。《更路经》里记载的千百条线路图，在他的眼前交错，缓缓铺展开。海面上纵横交错交通繁忙，海面上绝非一无所有。老苏忽然指着一片海面，中年人赶紧过来，想听听他说什么。老苏没有说，他本来想说的话，硬生生吞了回去，葬于肚腹中的汪洋，那句话他不会给任何人说。那句话，他早已用自己歪歪扭扭的毛笔字，记在手抄的那本《更路经》的最后一页：“自大潭往正东，直行一更半，我的坟墓。”

心海图

一

高空轰鸣与气流震荡并没有让方延额头滴汗手心冒水，他已经六十八岁，超长航线又极为耗人，但归国这念头是一个超级发动机，给他提供不竭的动力。去国数十年，他以为自己再没有归来的机会了，他以为故土所有的景物都已是幻想中的虚无，可此刻，飞机正在向着念念不忘的故国而去。当飞机进入中国境内，早被忘却的熟悉感，在体内复活——身体的记忆精准、猛烈、力大无穷，远远超过了精神的铭刻。归来的飞机降落广东白云国际机场，在1986年，这里有中国为数不多的国际航线。离开中国已经四十三年，从机舱内往外看，在他心中涌起的，倒并非浓烈的乡愁，而是深深的疑惑：难道山水、流云与空气，也自带口音？这些年，在英国，在美国，在某座已经忘却名字的港口城市，他也曾看到山水连绵，可怎么看，都不是中国的山和水。他仔细辨别，又没发现到底不同在哪。一样的高坡隆起，一样的枝叶遮蔽，一样的花草弥漫，组合起来，并不是带着方块字的山；一样的河道蜿蜒，一样的落霞铺满，一样的水珠飞溅，真只能连缀成字母词汇的水。云也是，异国的云，从不会暗示着某场午后的雨或暮晚炊烟；空气也如此，闭上眼睛，只靠鼻腔，只靠鼻腔里的味道，便能清晰地分辨出身处何处——方延觉得，这并非他独有的绝技，而是所有去国离乡者皆备的身体本能。改革开放后，广州往海口的航班增加，否则他还得通过汽车慢慢摇晃，再转轮船回到海南岛。运气还不错，竟然今天就有直飞海口的航班，竟然还赶得及买票——他不得不把这理解为冥冥中注定的幸运。他其实早做好在广州逗留几天的准备，作为一个在外漂泊数十年的人，能看到的关于中国的为数不多的新闻，其中很大部分就是关于广州的——这里，毕竟是改革开放的前沿。

1949年以后，中美长期未建交，他的回乡梦越来越稀薄遥远。有一日，美国的报纸上铺天盖地都是尼克松访华的报道，残梦死灰复燃，可世事仍像中美之间击过来切回去的那个小小乒乓球，总没一个准信，谁也不知道那球最终的落点——这些事还不能对任何人讲，把他的心悬着，摆来又荡去，他没有等到回来的机会。转眼又七年，邓小平访美了，他戴着宽边牛仔帽的照片占据了很多报纸的头条，他九日的行程在电视新闻中被一帧一帧分解、阐释，在主持人的嘴角如河水一般流淌，邓小平的笑意，全是故国准备敞开胸襟的决心。方延觉得这一次不一样，他没有接受当地华人团体的邀请去加入夹道欢迎的队伍，以求目睹其风采，可他不断紧盯着报纸和电视，不放过任何一个细节。他知道，任何一个细微处，都隐藏着他能否归国还乡的信息。他的掌心冒汗——那紧张感让他犹如再次站在了那艘小小的救生筏上，仰望着四周无际的汪洋——前程未卜。邓小平访美的九日里，方延始终在一种高度紧张中度过——如果行程更长一些，方延觉得自己的心脏会承受不住。家人把他的一言一行看在眼中，却并不知道他内心的波澜，还不时跟他说笑。妻子倒是知心的，夜里入睡前，侧躺在他身边，不断掐捏着他的虎口，试图让他放松下来，昏黄的灯光下，她缓缓地说："我知道你在想什么，但这事哪能急？只能看看再说……"他说不出来话。她又说："哪天回去，我跟你一起。"这是他最大的安慰了，在美国生活数十年，却拥有一个可以讲中国话的妻子，记忆中那弯折的村路、无边的杂草、不远处的海潮声，因妻子的容貌与口音而并未消逝。邓小平访美九日给他的震荡是持久的，他不断在各类报道中，看到故国渴望睁开眼睛看世界、探出手臂拥地球的努力，他一直在为返乡暗自准备。可时光之快让人咋舌，转眼又是七年，他仍旧没有动身，直到两个月前，再次做了那个纠缠了他数十年的梦。

本来这个梦的次数太多，他已经看得很淡——他站在那个孤独脆弱的救生筏上，四望全是汪洋大海，生还无望，他不知道能熬几天——但这一次又有点儿不一样，他醒来后，感觉到了某种空茫与失落。他奇怪这感觉哪来的，按理说他早习惯这个梦了，这不过是他当年经历的重现，一遍又一遍，在他的梦境里重放。他取出一支笔、几张纸，不断把这一次梦复原。罗列梦里所见，其实也是重返旧日：封闭船舱、摇晃的船、忽然的爆炸声、船舰沉没、巨大的漩涡、不断滑游、救生筏……把那些熟悉又陌生的往事，用一个又一个简单的词铺洒开，他用最笨的方法，一一和自己的情绪印证，看到底在哪个场景出现了分岔。比对到后面，他身体一个激灵，清楚了那失落感的来源：梦的最后，他站在救生筏上往海里一瞥，在那一刻，看到的，不是早已须发凌乱、海盐盖脸的自己，而是父亲，是父亲在平缓的海面下，仰头看着他，海面的波纹加深了父亲脸上的皱纹——这是这个梦和以往不同的地方。

不能再等了……他当年外出求生，父亲在最后的信里，给他留下一个巨大的谜团，数十年过去，他没有机会去查验，而眼下，不能等了。各种手续的烦琐仍旧超过想象，真正动身，已经过去两个月。本要跟他一同回来的妻子，没能成行，一场急性肠胃炎让她住院了，治疗之后恢复不少，方延却坚持不让她随同。妻子苦笑："我知道，你本就不想我一同回去。"方延并不否认，他始终觉得，这次回国返乡，只是他自己的事，计划内并没有妻子和儿女。妻子说："你别忘了，我也跟海南岛有缘的，当年……我爸……我也想像我爸当年一样，到海南岛走一走的……""海南岛"三个字让他内心一愣，像是为了缓和他的尴尬，妻子笑了笑："也好，你先踩踩点，往后总还是有机会的。到时，我回去，跟着你，走一遍。"

……

方延从飞机舷窗看到了蓝色的海，那就是琼州海峡？奇怪得很，从高空上，可以看到海底的高低不一起伏连绵，可他当年从海口上船去香港，贴着水面，却只看到幽深，只看到永不可测之黑蓝。过了海峡，就是海南岛了，脑子顿时变得空荡荡的，之后发生的事，在他的记忆里被整段劫走。再次回过神，已到老家文昌。怎么下的飞机，怎么被接上班车，怎么就两眼全是海南岛上的绿色……他后来想不太起来了。出机场后，接机的是家族里的一个堂侄。接到县里侨务部门的通知后，家族里的人讨论过，年轻一辈几乎没怎么听说过家族里有这么一个人，年纪大一些的也记忆模糊，以为方延早已死去，他们只知道他在香港的英国货船上营生，具体事宜并不清楚，后来那家公司来过一封英文信，家里打听好久，才问到懂英语的人，大概说他已经出事死去，但又不是那么确定。那时，方延的父亲母亲都已过世，那封信也不被重视，没人真正明白那信里说了什么。正值兵荒马乱的时代，又是抗日，又是内战，好不容易解放，数十年下来，连消息都没一个的人，早已从家族之人的记忆里抹去，哪知忽然说要回来，族人疑惑之余亦是手足无措。文昌是侨乡，前往海外营生的人极多，近些年华侨归来已是见怪不怪。在侨务部门那里见到方延提交材料上的近照后，比方延大三岁的堂兄方振成搜索记忆里的残存，和证件照的眉目进行比对，他拍拍胸脯，也把自己眼角的泪拍飞:“是我们家的人。”之后，堂兄安排一位脑筋活络的年轻人，在侨务部门了解相关手续，负责在方延回岛之日，把他接回文昌的祖屋。

方延不能不搅动记忆，来和眼前的情形印证……真回来了吗？村子当然是陌生的，所有的建筑都换了一遍，可又有着隐隐约约的熟悉，因为那些房子，仍修筑在原来的地基上。自己家在东北角，他凭着记忆往那个方向寻去，只找到了倒塌的屋墙、从屋内长出的比人高的杂草。这房子让他心中翻江倒海，倒掉的墙壁犹如一个重播键，把少年往事不断翻出。此时，村人从各家各户出来，散落在路边，是围观，又是在“欢迎”一个“已死”之人的归乡。方延不敢看他们的脸，那些人里，有他从未见过的年轻人，也有和他有过交集的人。锣鼓声稀稀落落，有唱戏的声音夹杂其中。

——自己去香港后，父亲母亲后来的日子是怎么样的？

——哥哥后来是否回来过？

——这房子倒塌于哪一年的台风暴雨？

……这些难解的问题，凝结成水，冲灌他的眼睑。族里的人也围了过来，却不知道怎么开口。只有一堵墙还未倒，梁木散落，腐败朽坏，霉味凝滞。杂草从一切可以生长的缝隙冒出，在人气散尽后，占领了屋内的空地。方延在乱草中寸步难行，他细细打量，眼前时光倒流，所有的杂草缩回地下，倒塌的墙面重新立起，空荡的房内溢满争吵与欢笑。倒是有一个地方没有被杂草完全侵占，方延伸脚前探，移步过去，脚底坚硬，那是数块大石平铺在院子的地面上，一些细草从石块的缝隙钻出。光滑的石块，植物无法侵占、掀翻。少年时感受过的眩晕穿山越海侵袭而来——很多个夜里，很多个黎明之前，父亲在这里手把手教他拳脚功夫……记忆的细节刻在骨血中，当父亲逼迫他保持某一个动作不变时，眩晕便会袭来——他脑袋空空，仰望着的天也开始变幻颜色。父亲和他经常站桩的位置，磨出两片轻微的凹痕，那么多年的风雨冲刷也没能磨平，他轻轻踩上去，像钥匙插入锁洞，开启记忆的院门。

“先去祖屋吧。”堂兄方振成站在荒草之外，把他拉回现下。

方延跟着，锣鼓和地方戏的声音在变强。祖屋里，阵仗齐整，他这个归人，需要去完成一个仪式，告知祖先，他并未死在他乡。漂泊近半个世纪后，在这个村子认识他的人所剩无几之后，他回来了，得给祖先一个交代。堂兄方振成隐约记得，四十几年前，那封英文信寄回来时，没人看得懂，几个月后才问到隔壁村一个读了洋学的青年，让他翻阅了一下那封信，讲得也含混迷离，隐隐约约说方延已经死在海上之类——估计那小子也没把洋学真读懂。既然死了，那么该表示的也得表示，家族里给他埋过一个空墓穴，请来做法事的师傅，以各种仪式召唤他的灵魂归来。仪式完成之后，师傅并没有以往完成一件法事的放松，心事重重，被问及后也只是支支吾吾。很久后，族人才在各种传言中知晓，师傅当时招魂，却并无感应，故而那师傅在念咒语、挥木剑、贴道符之时，也显得忐忑不安。那师傅没有明着说这事，却在某次醉酒时透露了口风，说是方延葬身万里之外，感应微弱，没能把他的魂儿召回祖屋。此时再想及，方振成苦笑不已，当年那师傅醉后说的"没感应"，现在看来倒也是"真话"，只是感应稀薄并非因为远隔重洋，而是方延仍然存活于人世，自然无"魂"可召。

祖屋的位置没变过，也并没有大拆大建，只是在原基础上修修补补，仍散发着半个世纪前的旧气息。敲锣打鼓的，唱戏的，是族里请来的队伍，他们在班主的指挥下，在庆典或葬礼上，演奏着不同的曲子。香烛纸钱的味道在祖屋里缭绕，村人从各个角落围拢过来，观看这个美国归侨。族里的男人全都聚集了，有三十多位，这些人大多比方延小，他全不认识。少数几位比方延大的，他走上前去，盯着一张线条交错的脸，沉思半天："二叔？"

老者点点头，泪涌出——方延扶住二叔。

方延又细看旁边一位，拿捏不住："瑞爹？"

"瑞爹"摇摇头，方延这才脱口而出："江爹！"江爹也抬起枯枝般的黝黑手指抹眼角，这姿态太凌厉，看来就像自挖眼珠，方延拍拍他的背。方延能认出来的，只有四位比他年纪大的父辈；

和他差不多大小或比他小一些的族里堂兄弟，方延离家之前当然熟悉，奈何近半个世纪的时光消磨，面目和记忆全都迷蒙。倒是有一位小辈，方延看了一眼，便说："你是财哥的仔？"这后辈喊起来："延爹，你怎么知道的？"方延笑了："你跟你爸年轻时一个模子，他当年跟我关系好。对了，你爸呢？"后辈眼圈一红："不在了。快十年了。他长年出海捕鱼，后来骨头缝跟针扎一样，痛得受不了……就……"方延伸手，捏捏他的肩，不再细问到底财哥"就……"怎么样了。

"时辰到……开始！"班主的声音不大，却有着极强的掌控力，锣鼓暂停，时不时甩出几句地方戏暖场的"演员"停下演唱，细听指挥。班主让族人按辈分、年纪大小依次排好，准备举行仪式。此时，场面肃静庄严，香烛的味道更让人不得不认真对待此事。可方延越想集中精神，越是心神脱缰，所有的声音都绝尘而去。为了不失礼，方延只能盯紧班主，班主鞠躬他鞠躬，班主站直他站直……他想过无数次重返故乡的画面，却并非眼前的这光景——透露出某种说不出的荒诞——是的，荒诞。他闭上眼睛，尽力平息自己，这很难，可也得去做。

——香烛纸钱燃烧的浓烟烈气让他鼻尖颤动，也让泪珠冲破眼睑。

再回过神来，班主带着队伍走了，族人也退出祖屋，聚集到方振成家的大院子里。那里摆了十余桌，族人以及邀请的一些村人，聚集欢宴——是该欢宴，族人欢喜一位亲人的死而复生，方延欢喜魂兮归来……这少小离家老大回，这笑问客从何处来，这半个世纪的光阴似箭，箭箭穿心。方延在祖屋里待了许久，中间有晚辈年轻人来喊他三回，堂兄方振成也叫了两次，方延都不太应声，他确实需要一些时间消化消化。外头天色已黑，屋内纸钱早已化灰，蜡烛烧尽，线香的点点光斑，犹如夏夜的萤火虫，时明时灭，喝酒、欢笑的声音传进来。不远处就是大海，夜风夹带着腥咸味，族人们欢迎他归来的酒宴，就如摆在海面之上，被月亮引发的潮汐所掌控，漂浮摆荡，似梦似真。

最后一根线香熄灭，方延走出祖屋。他准备问一问堂兄，父亲母亲的墓地何在？不管离家多远，不论荒草如何嚣张，蔓延、笼罩、遮蔽了那两座土堆，又或者说，哪怕土堆已被时光之刃削平，没在尘世留下显眼的痕迹，他都得马上去看看。村里没有电灯泡的亮光，手电筒还是稀罕物，那不管了，点一盏马灯或一个火把，黄光引路，把他带到荒草蔓蔓之地去，把他带到荆棘草叶会划破衣裤、在肌肤上留下血痕的地方去，他要在父亲母亲的坟前，洒下三杯水酒、两行热泪、一串哭声和半个世纪的悲欣交集。

二

后来我才琢磨清楚，站桩那个动作并不让人难受，难受的是一动不动。无论哪个动作，凝固之后，都让人疲惫不堪。父亲在一边死死盯着，我身体的任何一处小动作，都逃不过他眼睛的追捕——有时大腿根部近似抽筋，肌肉已然不归我所有，兀自颤动，他手里的棍子已破风而至，啪地打在颤动之处。我特别羡慕哥哥，他可以在外谋生，不用活在父亲凌厉的棍棒之下。我在定好的时辰爬起，来到院子里。黎明尚远，父亲的身子已如铁塔一般，插在那石块上。不远处的海风灌来，咸腥扑鼻，海浪声起伏有度，保持着跟父亲一样的呼吸节奏。暗色中，他不知道已经站了多久，还会永远站下去，俨然一尊石像而非活人。把站桩的位置让给我之后，他开始挥舞拳脚。为了避免单纯的站桩太过枯燥，我调动耳朵，细听他拳脚带出的风声。

村子临海，父亲有时会随渔船出出海，更多时候，他是一介农人，功夫什么时候学来的，他从没说，只是执着地要把其教给我。我读书不多，听教书先生讲过一些侠义故事，可那毕竟是古代故事，更何况在石块上站桩，手脚挥舞，和那些传说中荡气回肠的故事有什么关系？我也听说过父亲的一些事——他年轻时即在海南岛上四处游荡，哪里有人习武，他便在哪里教授，有时一待就是一年半载，把自己活得像个古时的人物。祖父过世后，田地荒芜，门庭寥落，他被族人多次数落，才回来结了婚。他每年仍出几回远门，半个月二十天，他背上衣物就消失了；事毕归来，也没说自哪而回。

大哥很早便跟随村里的一位叔叔去了马来西亚，下南洋去了。这在村里不是什么稀罕事，在周边村子里也常见，树挪死人挪活，人们总把往外走看作有出息。大哥在马来西亚做什么，我不知道，据说是那位叔叔有个什么厂子，他在里头当工人；又说他在当地给人家割胶……没个准。时不时有钱物从国外寄回来，一般是村人回来探亲访友，也带回一大批同乡的钱、物和报平安的家书。在我出去跑船前，大哥也回来过两次，同样也担负着很多人的重托，就像一个送财童子或钦差大臣，被很多人围看，被很多希望包裹。人们打听家人在国外的境况，也好奇异域的风土。哥哥人笔挺，衣崭新，显然是回来前专门量身定制的，再加上发型考究，表情沉稳，讲话字斟句酌，是见过世面的样子——见过世面不都这样吗？他在家那些天，家里来了不少人，或来取亲友捎带回的钱、物与平安书，或是让帮忙带一封信出去；也有的人两掌摩擦，半天不好意思开口，问了许久，终于松口，是想问大哥，有没有门路也把自己带出去。

向来石头一般的父亲，在家里人声喧闹的时候，也有了难得一见的笑意。是大哥的“出息”，让父亲有了某种“光荣”？后来想想，或许他本就是个爱热闹之人，很多年里，他行走江湖，曾有很多弟子围绕着他喊“师傅”，那是他最神清气爽的岁月，家里的人来人往，让他想起了曾经的自己——这些岁月，在我们的认知之外。二姐在大哥下南洋两年后也嫁了，我们家就更安静了，父亲的脸更是难见一丝笑意。仰仗哥哥自己或托别人捎回的钱物，我在离家前，读了几年书。

读书的地方在“望海堂”，附近多个村子共同出资修建了一间屋子，请了一位先生，教适龄孩童读书。我出生前六年已是民国，到了我跟着读书的时候，也还在摇头晃脑。先生时常用棍棒敲击桌子，痛骂人心败坏国将不国。大多数情况下，先生是正常的，也有的时候，他双眼赤红，对着眼前的空无狂喷一些我们听不懂的话——他的话太奇怪，有些平仄对仗，语调铿锵音节有序，是某种经文或咒语？又或者是别国的话？在此时，躲着就对了，若撞到他面前，骂声劈头盖脸算好的，有时他还会挥戒尺朝你的手心打去——更疼的是打手背，手背肉少皮薄，戒尺和骨头的撞击疼死人。每次惩罚完学生，先生也会陷入悲伤沮丧，走出望海堂的门口，朝北而望，念起诗来：

北望长思闻喜县，南来怕入买愁村。
崎岖万里天涯路，野草荒烟正断魂。

有时又变成：

色芊棉，雨点斑斓，糁飞花，还是春残。天涯万里，海上三年。试倚危楼，将远恨，卷帘看。

举头见日，不见长安。漫凝眸，老泪凄然。山禽飞去，榕叶生寒。到黄昏也，独自个，尚凭栏。

他念这些诗词之时，神情凄怆怪异，且重复一遍又一遍，以至于我很多年后仍记得。他的脖子不断拉长，拔高一些、更高一些、再高一些，快要把他的头挂到云上，以让目光穿山越海，抵达更北的北方。有时从望海堂归家，父亲问我："先生又训人了？"我点点头，手掌缩回衣袖，怕父亲看到掌心或掌背又红又烫的印记。我问："你咋知道？"父亲说："好远就能听到他在望海堂里叫……唉，你们先生，心里也苦。"在某些觉得先生心里苦的夜里，父亲会摇晃一下酒坛子，听里头还剩多少……他握着那把酒气，在海风纵横中，去望海堂找先生对饮。父亲是为数不多能和先生说上话的人——村里头像父亲一样在江湖行走过，有点见识的人，不多。父亲去找先生，两个人会说什么呢？他们会滔滔不绝地交谈，还是只顾默默饮酒？他们用什么下酒呢？

先生在望海堂教学五年多。

1932年冬，海风骤寒，望海堂里，紧闭门窗，也没法挡住那无孔不入的风针。先生的脾气也给冻没了，授课变得无比耐心，没有无端的怒火和自顾自的念诗，谈起自己的火爆脾气，他甚至有些自责。他的转变，让我们更加忐忑，怕是他另一种暴怒的前兆。但他的怒气没有再次引燃，反倒有要把所识都教给我们的急迫。一日，他告知我们要出门几日，我们都心中窃喜。他次日就离开了，我们都为这临时假期欢喜，却没料想，这假期也太长了。快一个月后，伙伴们见面都有点躲避着谈论这事，但心里都清楚，先生可能不会回来了。伙伴们看到望海堂就绕着走，那里成了空荡荡的所在。

我却喜欢那间房空空的模样，常一个人在那院子里待着，不远处便是大海，潮汐起落，海风夹带水汽和咸腥袭来，整个世界都空了。院门处，可见海水一会涨粗，一会缩细成一根线，人在那时，总会忍不住想，海的远处是什么？更远处是什么？跨过海的尽头呢？先生是跨过了海，返回让他不再感觉窝火、莫名暴怒的北方去了吗？我有几次问父亲，父亲没作答，可从他眼神的凝滞不变又风起云涌中，我觉得他清楚先生的去处。

先生离开一个多月后，有一回，父亲按住我的肩头："过两天，你跟我出一趟门。"我窃喜："出门？"父亲说："你十五岁了，是要跟我出去走一走了。"我说："去多久？"父亲说："可能个把月，也可能两三个月，说不准。"我说："要是先生回来了呢？我还要不要去学堂？"父亲沉吟许久："先生不会回来了……"他停顿了好一阵，说："跟你说也无妨！你先生，留过洋的，去过东洋。前些年参加革命，各种派系之争，让他灰头土脸，躲到我们这里来，一是逃命，二是心灰意冷。在古时啊，我们海南岛这地方，就是荒蛮之地，有些高官犯了事，皇上看不顺眼，就会被流贬到这里。当然了，你先生是主动来的。去年，日本人在东北闹事，九一八……这一次，他离开了，大约是要去做什么，说不好命都要丢了，不会再回来了……这乱世，亏得还有他们这样的人。你先生躲到这来，一肚子火没处撒，难免会把气出在你们身上，你们啊……不懂……”父亲这话，讲了跟没讲一样，先生的下落仍是一片混沌——但我知道，不能多问，这世道，年少如我，听闻“革命”两字，也知道那是不能探听的禁区。

除了衣物，父亲也带上一根油黑的木棍，那是他的心爱之物，平常摸都不给我摸，而他在院子里练功时则时常挥舞。那是一根好木头，韧性高，硬得像铁一般，拿刀具敲击，响金铁之声。他还递给我一柄小小的匕首，裹在一个鞘里：“你贴身带着，关键时刻可防身。”我说：“还要带这个？”父亲笑笑：“世道乱，盗贼多，谁知道会遇到什么人。”母亲对我这次出门十分忐忑，牵来扯去泣泪多。父亲说：“我带他练练胆，倒是你，一个人在家，夜里门要堵死些。”父亲把木棍在练功的大石上敲击几下，当当声里，他说：“走了。”母亲要送我们出村，父亲也不回头，右手掌在右肩膀上方摇扇几次，让母亲回去。经过望海堂的时候，我有些恍惚，好像听到里头传来了读书声，我说：“爸，是不是先生回来了？”父亲好一会儿才从鼻孔里挤出几个字：“你耳朵鼓风了？”

步行前往海口的路上，父亲说，我们此行的目的，是要去陪一位先生“逛逛海南岛”。父亲练武多年，干过多年押镖送物的活，足迹遍布整个海南岛。别人愿意找他带路，固然是因为他对各地熟悉，更因为他有些拳脚功夫，在这乱世，遇到盗贼拦路，也能帮得上忙。这一次，父亲要给一位田先生带路，至于路线，还不清楚。父亲说：“你现在还小，以后会懂得，为什么这一次要带你出来。”我没心思听父亲的话，一直沉浸在将要去海口的兴奋里……那个热闹、繁华的传说之地，那座海南岛上最大的城池，总要去见见的。早晨出门，一直走到天色变黑，我们进城了。父亲也不流连，带着我穿过一条繁华的街巷，来到了一家名为“侨安”的旅馆，报上名字，即可入住——邀请父亲来带路的人，已经提前安排好了一切。那是我第一次出远门，第一次住旅馆，从三楼的窗口，能望到北边一片沙滩，不远处有一座咖啡色的钟楼，再过去便是海了。

当天晚上，我们在侨安旅馆见到了田先生。先是响起了敲门声，父亲开门，进来一个身材矮小之人，胡子稀疏，戴黑框眼镜。那人说：“这是方师傅？”父亲说：“您是？”来人说：“在下田祝澜……”父亲疑惑道：“您……日本人？”田先生一愣：“标准的中国人……哈哈哈，这一路，有不少人把我看成日本人，在丽水，在缙云，在建阳，在福州，在三水，都有人把我看成日本人，这是第六次了……”父亲说：“还以为……若是日本人，这活就不接了……”田先生大奇："方师傅对日本人有看法？"父亲说："日本人对我们中国虎视眈眈，也不是一日两日了。去年，东北，九一八……”田先生竖起右拇指，可能感觉还不足以表达，他干脆伸出双手，拍拍父亲的肩膀。父亲回过神，把我一拉："这是我家小子，我这回把他带上，想让他开开眼界，另外我年纪大了，精力不比以前，他也帮帮手。先生放心，这一趟，他的吃住，不劳烦先生……”田先生点点头："年轻人是要走走看看，没关系，这一趟有考察的资助，他跟我们同吃同住就是。"父亲扯扯我的衣袖，我向前作揖："田先生……”田先生说："后面我们都在一块呢，你们今天走了一天，先休息休息，已经交代旅馆，一会儿送餐过来。"

田先生说完就转身离开了。

父亲的脸色越来越阴沉。

我说："爸……您……”父亲沉吟许久，说："刚刚见到田先生，像个日本人，我恰好想起，十年以前，有人辗转找到我，让我带路环海南岛，后来才知道那是一个懂中国话的日本人，叫后藤再三，我带着他绕行了四五个月。当时也是不懂，那日本人只说他在旅行。他那一趟，拍了不少照片，也采集了一些动植物标本，带着考察报告回去。我一直很后悔，怕自己无意中，做错了事。去年九月，日本人在东北闹事，发生了'九一八事变'，我最近不时想起那旧事，生怕自己真的做错了。"我说："爸，错在哪呢？”父亲说：“你还小，不懂，这种事，一步都不能走岔——即使是无心的。现在日本人对中国馋得很……那事之后，前几年，又有个法国人来，我还记得，叫什么‘萨维纳’的，也托人找到我，我不愿再接这活，推掉了。这事，你藏在心里就是，不能和任何人说起。爸告诉你，也是相信你，你总要慢慢面对这些事。”我只能点点头。夕阳收起了所有的光，房间昏暗起来，从窗口望出去，却看到不远处的钟楼上亮着光，周边街巷点起了灯火，父亲的脸消隐在半明半暗中，他喃喃自语：“爸不是读书人，不懂大道理，但总觉得，我们的地方，日本人、法国人来一字一图记下来了，我们自己人却不管，不理，不了解，对不起祖宗啊……”又跟祖宗扯到一块了？我不知父亲浩渺的心事所从何来，幸好，很快有人把餐食送到房间，那扑面而来的香气，让父亲的精神提振了起来。

我没想到父亲竟会骑脚踏车。这种奢侈之物，我此前没见过，而父亲是什么时候学会的呢？我看着父亲，像在看一位陌生人，他有着我不知晓的过去。田先生这番巡海南岛，是政府出资让其考察，沿途的部门都给予他方便，还安排了两辆脚踏车，田先生自己骑一辆，另一辆给父亲。出发前，田先生去旅店附近的“海南书局”，把校订完毕的著作《调查撮要表》交付印刷，随后我们便往南行。田先生的车后座上捆绑着一些行李，我坐在父亲的车后座上，看着父亲用力踩着脚蹬——风刮到脸上，沿途我全不熟悉。很多年之后，对于这一次出行，我所记无多。父亲在前面卖力，而我在后座上，成了父亲的负担。饶是如此，父亲的车仍在田先生的前面，他要负责带路。

每到一墟，田先生便拿着公文，找到公务人员，让帮忙寻当地的能人，田先生手握纸笔，问询其处的人口、物产、风俗等，他边问边记录——一般来讲，当地的公务人员还会招待一顿吃喝。此时最为轻松，父亲要么上前，给田先生和公务人员之间做个引荐什么的，要么坐下休息；而我，则推着父亲骑的那辆脚踏车，练习骑行……几日之后，我也学会了，有时会在途中和父亲换换手，让他坐后车架去。田先生有一张地图，每到一地，都会在地图上画一个圈，并和上一站贯穿起来——这就是我们一路以来的行动轨迹了。我并不懂田先生的问询、记录到底有什么用，起初觉得惊奇，渐渐却觉得无聊起来，这是在做什么呢？田先生说要写下他的海南岛旅行记。

我没有田先生的大志，只觉得旅途寂寞。虽是沿着较为平坦的官路前行，但脚踏车也是一路颠簸，走村串寨，过山涉水，海南岛的山川一一在我面前敞出它的陌生。我不知朝向，不懂地界，总觉得三个人，是在这无边的路途上惊慌失措地乱逛。但一切都没乱，每晚田先生都会和父亲商议次日的计划，准备抵达哪里、在哪里歇脚，父亲不需要看田先生那张地图，说到某一地，哪里的路不适合走，哪里有盗贼盘踞，他皆如数家珍，一一道来，提前让田先生绕道。陷入海南岛巨大的中心后，田先生已经不得不仰赖父亲，不得不仰赖父亲心中的另一张地图。因有考察的需要，行程并不快，但一日下来，我们仍会疲惫不堪，有时在一些墟镇上的驿馆过夜，有时借宿农家，有时则只能露宿野外——父亲会捡来大堆木柴，点起熊熊篝火。即便是这样，父亲也没忘记在睡前练练拳，舞舞棍，并督促我也练习，他还强迫我与他一同站桩，打坐，他想跟我说这两者的妙用，却总辞不达意，最后只能说："多练练总没错。"

田先生每日的记录任务极为繁重，一到歇息处，就顾不得其他，只是奋笔疾书，把一路所见所闻先记下。父亲的脸，在篝火的映照下，明灭未定，可以看出，他很享受这种在路上的日子。从父亲一路上对各村镇的熟悉程度，我知道，他曾在这些山山水水间行走过很多的光阴。夜太过安静，盘腿打坐的父亲一动不动，不像这个世界的人。田先生在完成一天的任务后，有时也会跟我聊几句，他说得最多的是：少年人，不要只待在这个岛上，你要去看看世界——见到了世界，才知道眼前的这个岛是什么样的。

这次出行，我更多地是感到疲累与寂寞，所记得的事情并不多，除了两件事。

其一，是途中的一次奇遇。出发的第五天，到了海南岛中部的一座高山，行走愈加艰难，往高处后，呼吸变得急促，而山路两侧，树木直插入云——云雾在枝叶间聚而又散。田先生腿脚已经不太利索，他提出歇息一会儿，父亲却咬紧牙关："这里不适合停留，下个歇脚处还远，还是继续赶路。"大多时候，父亲尽量配合田先生的安排，而这回，他把话说得斩钉截铁，我们只好跟着走。我推着父亲那辆车，父亲则推着田先生那辆，急促地走在前头。正当我们濒临崩溃之际，忽然听到林木间传来数声奇怪的叫声，竟然听不出那是什么，有点像是鸟叫，可声音并不零碎，而是极其连贯有规律。这声音在左侧响起，一会儿后右侧也有，此起彼伏。父亲停下，转身，脸色已变，他把车的脚架打下，面色冷峻地说："你们在这歇着，不管发生什么，等我回来。"他用左手拇指、食指捏住下唇，一吸气，发出几声尖啸，竟然和林中传来的声音很像，像是传递了某种信息——不一会儿，林中的声音再次响起。父亲再次发出尖啸，之后他回头说："别乱走，就在这等着，我回来再说。"他挺身，往右边的林中去了。我和田先生都意识到发生了什么，面面相觑，想开口说什么，却说什么都不对。此刻的山林诡异无比，腐烂的枝叶冒涌出猛烈的气息，我们都觉得头有些昏沉。静坐下来后，各种声音出现了：风吹木叶、虫蝇震翅、山鸟鸣啼……田先生焦躁不安，一会儿站起，一会儿坐下，他从包袱里翻出一本书，读几行便又盖上，一会儿又翻开。为了静心，我只能盘腿坐下，闭眼安神，妄念如跑马，奔袭不歇。不知道过了多久，我张开眼睛，夕阳已到，金黄色把山林染得无比辉煌，我心有所感，心想父亲很快就要回来了。没一会儿，就看到父亲拖着一条长长的影子走近。田先生几乎是弹射而起："方师傅，发生了什么？"父亲满身疲倦，还散发着些酒气，他淡淡地说："先赶路，到歇脚处再说。"他推起脚车，状若飞奔，我们只能跟着。很快地，山路全黑了，幸好我们已临近山脚，在山下又走了快两个小时，才看到火光，在一个镇墟歇下。看到火光的那一刻，父亲步子没停，只是甩出几个字："今天，遇到盗贼了。"这之后，父亲没跟我再说起盗贼之事，田先生则围着父亲问了许久，父亲让他答应，不能把这些事写到他的行记里。田先生答应了，父亲压低声音说了一会儿，而他说出的故事是什么，于我是一个谜。之后好几天，田先生多次在我面前竖起拇指："你父亲……这个！厉害，这次来，我找对人了，否则，说不定有来无回了……"可他也没有在我面前透露任何一点父亲如何平息盗贼的事。

其二，到了海南岛中部稍稍往南一些后，田先生被一场急病击倒了。此前两三日，阴雨不绝。田先生戴着眼镜，雨一下，路就看不太清楚，我们走走停停，进度极为缓慢。父亲和我对这海南岛上的天气早已习惯，而对于田先生来说，这雨便成了刺入毛孔的寒针，他的喷嚏止不住，人也似漏气一般，整个扁了下去，眼窝深陷，颧骨露出。父亲着实比田先生紧张，提议返回海口就医。田先生有些不甘："着急啊，这才走不到一小半，就得……"

父亲说："先生初到岛上，不习这边水土，又一路奔波，难免撑不住。我们要不歇息两天，若好了，便继续往下走；若不行，再返回海口？"田先生犹豫许久，也只能这样。当地的政府部门看了田先生携带的文书，极为重视，除了安排住宿，也找来医生，给田先生打了一种叫"金鸡纳霜"的药。我们滞留当地，等待田先生恢复。闲极无聊，我便骑着脚踏车闲逛，引来阵阵注目。父亲则在次日一大早，去拜访一位当地朋友，夜里才回来，递给田先生一个红纸符咒，说他那位当地友人，是有些神通的，他去给田先生讨了一个护身符回来，烧成灰泡水服下，可治病。田先生嘴唇发紫："这东西要有用，那大夫不得多余了？"父亲说："试试看呗。"田先生摇头苦笑。又一日，医生来看过田先生后，摇头不止，说其身子更热，病加重了，久留恐怕不利，应尽早返回海口去大医院看看。恰好这日，有汽车途经此地，目的地正是海口，经过一番思量，我们终是把脚踏车也塞到汽车上。抵达海口后，父亲对田先生说："你休养好，什么时候需要，我就来。"

我与父亲返回村里，几天后，便是春节……那也是我在故乡过的最后一个春节。细细想来，这趟出去，并没有见到多少奇事，但我觉得自己整个人都变了，和伙伴们再没什么话可说。1933年的春节，天时萧瑟，寒凉入心。初四那天，父亲一早出去了，午间回来，脸上眼泪纵横，没等我和母亲发问，他已经忍不住："你们望海堂的先生，没了……没了……"说着，他把一封信递给我，我伸手去接，他又猛然抽回，走到春节期间堂前一直点着的油灯上引燃了。火光明灭，他的脸又红又黑。

——那封信便成了永远的谜。是什么人给父亲写的信？或者，那是先生临死前的诀别书？父亲除了是能和先生说得上几句话的人，会不会也是某种意义上的“同道”甚至“同志”？……之后几天，父亲一直没回过神来，深陷于友人“没了”的哀伤。年初八那日，他才提起精神，因为田先生已经从病中恢复，托人叫他继续环海南岛，续那未完成的行旅。这一次，父亲没有带上我，木棍在他手上舞出几圈棍花，风声呼呼，他的身子从棍影里消失了。

——没有我在，他和田先生每人一辆脚踏车，行程会快得多吧？

三

县里对方延这位美国华侨极为重视，安排一位政协副主席专门与他对接，拉着他两天内跑了全县五六个点，时不时问他：“方先生，感觉怎么样？”“方先生，这里不满意，我们去看看下个点……”没法直接拒绝的结果，是方延看了流经县里的河，也看了县里的山，更被拉去海边，在茂密的椰林里，看绿叶摇摆起伏。那一日下午，他知道不把话挑明、不出点血不行了。方延沉吟许久，说："我这一次回来，并没有投资兴业的打算，只是四十多年没回来了，返乡认认亲，扫扫墓……" 见那副主席因尴尬而凝固的表情，方延笑了笑，知道该出血了："不过，我也有点心愿，想请县里帮个忙……" 方延顿了顿，情绪酝酿得差不多了，他说："我方某人不是生意人，这一次确实不是为生意而回来。我知道，一个地方要发展，首先得把教育办好。我虽手头也不宽裕，但我想给县中学捐点钱，用于盖间课室或是资助一些困难学生。" 那副主席握紧方延的手："教育最重要，教育最重要，我一定跟领导汇报，把这捐款用到最困难的地方……" 县里到中学了解情况之后，发现有教室在前两年的一场台风中损毁严重，学生目前都在危房中上课，急需修缮。还反馈说，修缮后考虑以"方延"之名给教学楼命名——方延心中苦笑，我哪有那么多钱？方延给县里回复，如果一定要冠个名，他希望叫"望海堂"。

尽管方延推三阻四，但县里还是要举行一个仪式，让方延跟学生们讲一讲话，鼓励鼓励他们，当然，最好提前有个讲话稿，大家一起帮忙斟酌斟酌。坐在主席台上，方延有点惶恐，可他不能把这些情绪表现出来。举行了一个方延强烈要求务必简短的捐赠仪式后，他对那些学生讲了讲自己的故事。有那么一瞬间，他突然出神：怎么自己就坐在这个地方，要对着学生说话了？他清了六七回嗓子，才把情绪压住，他照着稿子说："离开海南，是被迫的。更想不到一走之后，那么多年没机会回来，直到这四十三年之后……”

——演讲的反馈怎么样，他已经没兴趣去了解了，他唯一记得的，是其间很多次响起掌声。掌声并没有让他悔意消退——事实上，开讲后，他就后悔了。无论如何，这也是把潜藏着的旧事再次揭开，那种撕裂之痛仍在——别人把那当成故事来听，而对他来讲，那是刻在骨血中的梦魇。其中有掌声，有惊叫，有一张张屏住呼吸的紧张的脸，也有结束演讲后，不知道谁递过来的带着安抚之意的手……他只觉得疲惫，别人再说什么，他都不再细听，便匆匆离开学校，返回村里。

在美国多年，要说完全适应了那里的生活，也谈不上，可毕竟那么多年的时光打磨，身体本能上已经更融入那里了。想到这一点，他有些惊慌，这惊慌来自他感觉到当下的自己，更适合那个远在重洋的家，而不是眼前的这片故土——这算不算另一种意义上的背叛？妻子的脸浮现出来，若是同意她一起回来，自己有个说话的伴，也不至于如此翻江倒海。

不知不觉间，方延又来到了父母的坟墓旁。坟墓上的杂草，在他回来后，已清理干净。他让堂兄找石匠刻了一块墓碑，也立了起来——一切都是新的，石碑上的字迹转折锐利，红漆把字涂染得鲜艳刺眼，坟墓边还有两日前石碑立起时焚烧的纸钱与香烛，好像坟墓里的人也才离去不久。在米酒的一点一点催发之下，堂兄方振成缓缓说起，这里虽立着两座坟，可埋葬的，只有方延的母亲。不知道是酒让记忆模糊，还是确实时间太久，堂兄也说不太清，大概在方延离家去香港谋生六七年后，日本人入侵海南岛。日本人来找方延的父亲，他都躲避未见，后来为避免祸及族人，他去见了日本人，从此再没回来过。方延的母亲在他父亲离家后一年就过世了，她没交代别的事，只是跟族里人说：在她的坟墓旁，给方延的父亲也立一个墓。代替方延的父亲的肉身下葬的一些遗物，已被方延的母亲提前收拾在一个盒子里。方延的父母过世后，房子彻底空荡荡了，在南洋的哥哥没回来过，也未寄回一封信，嫁出去的二姐偶回娘家，也只能看着屋内结满蜘蛛网而默默垂泪。那两座坟，族里人想起时，就简单地锄锄草添添土，更多时候，则湮没在荒草与杂树丛中。那天堂兄方振成带他来此，对着荒坡上起伏的土堆恍惚犹疑不敢确认，来回踱步了半个小时，最后还是把年纪大的二叔喊来，才敲定了位置所在。

他还得悄悄打听她的下落——在他心中，不能把名字叫出来，他想起来时，只能喊“她”。数十年过去，关于她的记忆早已湮没。当年离家前，母亲给他定了一门亲事，姑娘是隔壁村的，两人并未在正式场合见过，但已经按照村俗送了八字。父亲是见过世面的人，又常常和望海堂的先生夜谈，有了不少新思想，他强烈反对母亲的做法。母亲淡淡地说："你反正要把小孩往外送，那还不如早些定下来，择日完婚，他就算外出谋生，也留个孙子给我们带带。"父亲则说："正是因为我们要把小孩往外送，才不能耽误了别人家的女儿。"两人争执不下，问方延自己的想法——他哪有想法，他少年心性，根本没往那边想。最后母亲把礼往隔壁村一送，这事就定了。方延私下跑到隔壁村好几回，想偷偷看自己"对象"的模样，他蹲守暗处，远眺静待，却在那女子的身影出现时落荒而逃。方延的心被搅动了，很多个夜里，那并不清晰的脸，是盖在他梦里的印章。

没过多久，父亲通过田祝澜先生，给方延在香港询谋一份差事，方延就离开海南岛了。母亲本来想在他离去前，把他的婚事给操办了，方延拒绝了，说他没准备好。父亲也说，外出历练历练，过两年也不迟，两人年纪都还小。当时没人会想到，这一离开就是数十年。方延在船上服务，随船出海，望着舱外的海浪，并不知道航行到了哪里。偶有假期，寥寥数天，也没法从香港赶回，一年一年，就这样消磨着。期间，父亲在来信中，也提到了他与她的事。方延心绪惆怅，出来谋生，万事难定，他一咬牙，回信让父亲去退了婚约，以免耽误人家。后来收到家信，说她不肯退，宁愿等。方延惆怅更盛，也没法排遣。他也没有想到，世事跌宕起伏，他后来历经九死一生，在海外苟活了下来，家国遥望，哪里还回得去？在美国结婚前，他跟准妻子谈过老家的人事，她苦笑："看来，不管怎么算，我只能是小老婆！"

这一次回来，他想到了她，问询打听，也并非难事。据说她后来还是嫁了人——这是方延唯一的安慰。若她真的在漫长的岁月中孤身一人，成为附近村子并不罕见的"守望妇"，终日牵肠挂肚，等待自己归来，他该如何自责？她后来嫁给一个渔家人，育有三男一女，丈夫长年出海，丧身于一场风暴。而她也在60年代的一场台风中，消失无痕，周边的人都传说她已经随风寻找她的丈夫去了。方延倒盼望能真的见上一见她的魂儿——如果有这机会，他一定不会像少年时那样闪闪躲躲，而是迎上去，细细端详她化为虚幻的脸，端详时间在每一个角落毫无遗落的刻画，她的脸最终会被雕成老迈还是依然年少呢？

四

那是一个后半夜，我从睡梦中猛然惊醒，妻子在一旁鼻息平静。或许，这是她装出来的，为避免我因为惊醒她而愧疚，她只能保持着"和缓"的睡姿。我也不能去点破她，这是一种默契的表演，守护各自残破的记忆。我推门而出，看到院外夜空深蓝群星静默，自己经历的残破、零碎、无逻辑的旧事，都在夜风中涌来，瞬间扭成整体。是的，事件发生在眼前时，我们永远不知道发生了什么，只有到了很多年后，用历史的碎片拼接，组合，才能看到其破败的身躯瘦骨嶙峋，支撑着历史的骨架。我，也只能在逃生后的很多年里，在一些报刊上的文章中，逐渐拎起了一条残破的故事线，而最开始的线头，是田祝澜先生的一封介绍信。

那是我去香港时，身上最重要的物件。

在海南岛环游之后，田先生收获颇为丰厚，他在给父亲的来信中说，他的《海南岛行记》一书已经在整理，等正式印刷刊行后，会寄一本给父亲“指正”，感激父亲这一路上的帮忙。我好奇的却是，父亲会不会被他写到这本书里去呢？我会不会也被他写进去呢？我会被写成什么样呢？田先生和父亲往来了几封信，有的我看过，有的父亲没给我看。有一天，父亲脸色苍白地说：“田先生的介绍信来了。我让他帮你寻一份工，他问询妥当了，你收拾收拾，月内到香港去。”在这乱世，谋一份工并不容易，但母亲还是眼圈瞬时泛红：“要去香港？他一个人？要不要让他跟他哥哥一块去南洋？两兄弟，也有个照应……”父亲脸上的苍白缓缓褪去，深情严峻，截然道：“鸡蛋不能放在同一个篮子里。”母亲不再吭声，忙家务去了。

父亲拍拍我的肩膀：“知道为什么想让你到香港去吗？”我摇摇头。父亲说：“你还记得上回带你去海口，跟你提到过，父亲当年曾带着一个日本人后藤再三考察海南的事吗？”我点点头。父亲说：“‘九一八’后，日本人已经占了东北，他们跟中国之间摩擦日重，人家打上门来，我们也不能等死，这仗肯定得打。若是有一天日本人来到海南岛，战火一起，免不了要拉壮丁，枪炮不长眼。香港毕竟是在英国人治下，还能躲一躲。另外，当年我带着后藤再三考察，那日本人回去后，免不了也像田先生一样，写出一两本书来，海南岛的资源在哪，路怎么走，怎么个进攻法，搞不好都研究得一清二楚了——你爸常为这事后悔，当年虽是无心，但已经埋下祸根。但愿是我多想了！要是有一天，日本人侵琼来了，他们会不会还派人来找我这个当年的‘好向导’帮他们做事？真找上了，不答应，死；答应，不就当了汉奸？就算日本人不来找我，毕竟当年我带着日本人细细考察过海南，这事情抹不掉，战火一烧，我们海南人也放不过我。你爸老了，倒不怕丢命，可你不一样，往外走，先活下来再说。窝在海南岛，就算你活了下来，若有人以我当年带日本人考察之事，给我扣一顶卖国贼的帽子，你哪里还能抬起头做人？”父亲把事想得那么深远，一层一层，全在我的理解范围之外。父亲的手掌再次放到我的肩膀上，掌心温热传来，他笑了：“你也可以把这话当作醉话，希望是我多想了。但你得记住，且不能跟任何人提起。另外，父亲教你的功夫，闲暇时得多练习，在外头，有好身体好功夫，才能防身。静坐更要常练……”

怕我把介绍信弄丢了，母亲把那封信用布袋包好，再把布袋缝在我的裤子内侧。我把那封信抄了一遍，带在身上，不时翻出来默记，字字词词皆牢刻于心，以防出现极端情况时——比如把裤子弄丢了——还可以知道到了香港后去哪，找谁。父亲把我送到海口，在港口上船后，我登上了远航的船。那是1934年，我十六岁，不知前头等着我的是什么，挥手作别时我也想不到那是与父亲见的最后一面——岸上的父亲腰杆笔挺，和他时时挥舞的木棍一般直，好像他已经扎在岸边很多年，还要继续扎下去，任何风暴也吹不歪。喧闹拥挤的船舱里，异味萦绕，幸好我家在海边，虽没有远航经验，总还跟着渔船出去过，不像很多人那样，在客轮的摇摆中上吐下泻，呕出绿呼呼的胆汁。可别人呕出的气味，有传染性，诱发我呕吐的欲望，最后我也是把魂儿都吐干了。

田先生介绍我到一个航运公司工作。

我自维多利亚港登岸后，问了几个人，便寻到了信中提到的那家航运公司，它在港口的一个办事点。负责人眼神迷离，支支吾吾，我说找田华先生。大约两个小时后，我见到了田先生信里提到的田华。田华估计比我大个十来岁，浑身发着油光，犹如刷着一层黑漆，眼睛一直眯着——后来我才知道，那是长年被海风灌吹的缘故。我找前台拿了把剪刀，拉开裤头，剪下缝在内里的那个布包，取出介绍信，递过去。田华接过信，扫了两眼，确认无误后，却仍免不了发出牢骚："怎么澜叔专门给我找麻烦……你多少岁了？”

“十六。”

“你这么瘦，能干活？”

“我有力气。”

他猛地握紧我的手，奋力一捏，我觉得痛，忍住没哼声。“过来的船上，你吐了？”

“没有。”

“我闻到馊味了。”

“其他人吐的，味裹在我身上。”

“好小子，嘴硬，以后出远船，有你好受的。”

这事也就定了下来。田华带我到一个路边摊吃了碗面，问我是如何与他叔叔田祝澜认识的，我无师自通，夸大了田祝澜先生考察时遇到的危险，我把那次“遇到山贼”说得天花乱坠，而我和父亲又是如何凭借功夫救了他；田先生后来又如何病得快要死掉，而父亲又是如何想办法把他送往海口就医等等，都被我添油加醋，说得跌宕起伏。田华愣了一会：“怎么没听澜叔提起过……”

“你多久没见到他了？”

“也是……既是我叔的恩人，以后船上有事，记得找我。”

填了表格后，我就成了远峰号上的一名船员。在海南岛的村里，我见过不少回来探亲的南洋客，我的哥哥也是其中一位，他们有时说起在外的生活，多是人在异地的艰难。即便如此，他们在短暂的停留后，仍旧会离开，村里贫瘠的土地，提供不了他们想要的生活——而这些归来客说得越是辛苦，村人就越是向往，并认为那辛苦里也蕴藏着无数的希望。田华介绍远峰号上的情况，船上有一个华人工头，船上白人的命令都通过这个懂英语的工头传达，船上的华人都要听他指挥。饮食部门的人，有不少来自海南岛——对那些海南岛来的老员工，有乡情乡音的牵扯，反而更不能怠慢。我必须每天早上四点多就起床，把客舱的休息室打扫干净，到底舱把需要的供应品摆好，一天里没有固定休息时间，只要有安排，就得干。三餐里，早餐午餐，华人船员只能吃客人的剩饭；晚餐可以不吃剩饭，但得在十点半以后吃。晚上十一点后，船上的大部分人都睡去了，我才能上床休息。

日后想起，还没来得及看一看香港热闹的街巷，也没顾得上把这些新的信息消化，远峰号已经起航——当我跟饮食部的老员工打听，我们这一趟是去哪时，几个人的目光顿时阴冷起来，好一会儿，一个人才好心提醒："在船上，这不是你该打听的，这不属于你的工作。"而负责带我的一个老船员，一巴掌就扇过来。这艘船能容纳一百多人，具体多少人，我一直没真正弄清楚过。供客人使用的客舱、餐厅、休闲室，供高级船员使用的舱房、饭厅、厨房，都是我服务的地方。出海之后，就算是这大船，也随时处于摇摆中，船舱内各种气味混合，让人恶心呕吐——而这，是船上最不值得一说的事，吐完了，漱漱口，还得爬起来，捂着疼痛的胸口，该干吗还得干吗。得闲时刻，想到家里，只能钻进被子里头哭——船员们见怪不怪，没人安慰，更多是取笑："多哭几次，就好了。"

第一次出航，我在一张纸上画直线，每过一天画一横，也让自己知道已经离开了多久，大概还有多久能回来。同宿舍的船员发现了，笑说："在这活一天算一天的海上，事事都记着，多累。脑袋装太多，你总有一天给压到海底去。"相较于白人船员，华人船员工作时间更长更辛苦，可我们的工资，还不及白人船员的三分之一，私下偶发牢骚，隔壁床立即伸出铁一般的手掌，堵死我的嘴："你想死？还想要公平？远峰号算好的，很多人在别的船上，还得时时挨打——世界就这样，我们就是低人一等……"我挤出一句："我说的是海南话，不会有人……"隔壁床又压低声音，眼睛往四周绕圈："你知道哪张嘴会漏风？"相处久了后，发现饮食部门的海南船员还算比较团结。在那个拥挤的船舱里，说起海南岛，每个人都有一肚子的故事，都想着有一日回去海南——可往船舱外一瞧，四处蔚蓝的汪洋，谁也说不清船到底行驶于哪一个位置，海南岛又在哪个方向，何时才能回去呢？

那单调的蓝，让人陷于虚妄。我的邻床悄悄讲过，此前他曾亲眼看见一位船员，在一次漫长的航行中逐渐丧失神志，浑浑噩噩，一日他见那船员站在船沿盯着水面，他喊几次也没听到回应，正欲上前探个究竟，船员猛地一个翻身，直扎入海，根本没来得及救下。邻床因亲见这事，也落下阴影，一直在想那船员跳海前到底盯着水面看什么。邻床低声说："我也是很久以后才明白，你不能一直盯着水面看，看多了，你想见到的，你害怕的，全都在那里出现。看多了，谁都忍不住要往水里跳。"想了好一会儿，他再次强调："你是新手，真的不要盯着水面看……"他越是这样强调，我越是想看看水面……有好几回，我盯着那永远动荡的深蓝色看，那里幽深莫名，涌出一股强大的吸附力，某个漩涡会让你头晕目眩，涌起扎入水中的冲动。船上有纪律，邻床提到的那些事，不能公开谈论，否则便被视作传播恐惧，会有很严厉的处罚。但各种流言无法止息，有时登岸，不同船的船员遇到，也会交流此类信息。有人讲得玄乎其玄，说某船出海，每到午夜，往船尾处望去，便可看到一个死去的船员通体荧光踏浪尾随；又说某船曾暗携一犬，在一次远航中掉入水里，而后不只一个船员，常于船舱内听闻吠叫，得喊其小名三遍方才停歇。为了避免出现意外，船上把船员分组管理，互相监督，一旦有人情绪异常，同组的人便有上报与监看的义务。

船上等级分明，华人船员低人好几等，数十年来，华人海员多次抗争，反对种族歧视，争取提高薪水、改善工作条件，闹到最后，也就是热闹一下泄泄气，哪能改变什么呢？华工在不少国家，仍备受歧视——没办法，这并非某个人或一群人能改变的，这是一个民族羸弱的必然结果。还有老船员回忆，十几年前，香港的海员因待遇太差，曾集体罢工闹事，他还记得集体冲上街头时的热血沸腾，可等热闹过去，面对的不还是一地狼藉？那老船员眼角颤动："你们年轻，不清楚，目前的条件还是改善过的，在以前，更……唉……再说，这几年，连老美都经济大萧条，冲击太大，各国吃了上顿没下顿，又到处战火纷飞，不是这个国家打就是那个国家乱，这日子啊……唉……"为减少成本，船务公司清掉了大批船员尤其是那些资格老薪酬高的船员，尽量用最少的人数来维持，也尽量用最年轻的新手，以减少人员支出，老船员们都担惊受怕，怕哪一天被裁掉。我一个初出茅庐的小子，也只能听着，父亲无论如何都要把我"赶"出来，不就是让我能活着嘛……活着，就行了。

父亲教给我的打坐，能让我在高强度的重压下缓过来。忙碌的间隙，有那么一小会儿，悄然坐下来，闭上双眼，凝神静气，让各类妄念远离自己。这是最难的，妄念非但不走，反而犹如海浪一般连绵不绝——也无所谓，只要有那么一刻的静坐，摒弃眼前逼仄的船舱，淤堵在胸的憋闷便会缓缓散开，重新活了过来。有时其他船员奇怪我为什么那么呆坐着，我回答，闭目养神。静坐之后，有时我觉得船外的浪完全消失了，船上的人也消失了，甚至船也消失了，唯有我，漂然于这个世界上；有时，则听到海浪声极为清晰，甚至能听到每一朵浪花溅起的颤动、巨鲸在海底的潜游……起身后，被异味围裹的闷热船舱，也就没那么难以忍受了。

无论环境多恶劣，人总会逼迫自己适应的。随着船一次次远航，随着远峰号在各个国家的各个港口停靠，我的世界大了，我见到的人多了。难得回到香港的时候，我也会在这座城里走一走，给海南岛老家寄一封信。长时间的航行，把生猛的船员们憋得要爆开，一旦有机会登岸，他们总是抓紧一切机会去找姑娘们。每个港口附近，总会有很多烟花地，船员们不用打听，只用鼻尖的闻嗅，就能寻找到那些隐秘的地方。他们大呼小叫，潮水一般荡上岸，劈为很多支流，散在细碎的沟壑里。他们冲下船时，手臂与额头上都青筋暴涨，双目经过长期的海上晃荡，布满血丝；等到他们重返船上，则散发着劣酒的臭味和某种让人妒忌的心满意足。有时他们也会抓住我的手臂，往某个角落拖，我口齿结巴："……不……不……去！"趁他们手劲松懈，我手腕一滑，往后缩回甲板上。他们哄然大笑："小鸡仔，不懂事！"我站在甲板上，闻着异国港口的咸腥味，感到怅然：我怎么就到了这里？我比我的所有先祖都走得要远，可我怎么就站在了这么一个地方呢？

也有挣脱不了的时候，我被几只手臂驾着，他们发誓让我"尝尝鲜"，任由我的鞋在地上拖出时而清晰时而模糊的曲线。拐了两个弯，我们钻进一栋人声鼎沸的房子，鼻腔顿时被猛烈的酒味、更猛烈的香水味充斥，一下子来到了女人的汪洋大海中。十几个外国女人站成一排，嬉笑不止，船员里懂几句外语的人叽里咕噜加指手画脚，他话没说完，已经有好几个女的盯着我笑，她们身上的肉也颤动起来。同来的船员说完，盯着我，一个高大的女子伸出手，与我一握，就将我拎到一个仅以一块布帘遮挡的隔间里。她干脆利落，肥胖的身躯压过来，我已不能呼吸，她趁机扯下我的裤子。我双腿一凉，从“毒雾”中回过神来，双脚乱踢。她叫喊着，我也听不懂，把裤子一提，飞一般逃离，把其他还在挑肥拣瘦的船员遗在那呼天喊地的房间里。我慌不择路，幸好离船近，我逃回船舱，浑身颤抖。……船舱彻底安静下来，这一趟，远峰号要在这个港口休整三日，整艘船好像只剩下了我一个人，空，独占所有的空。我好像看到了她——她和我有了婚约，而我尚未好好看过她一次，只记得她模糊的脸。她的脸还和刚刚压到我身上的那肥胖白人女子的脸混合在一起，我又再次陷于那如影随形的怅然：我，怎么就到了这里？

我想在船上多学一点航海的知识，可这个心思不能透露，作为华人船工，有这想法都已经是越界和犯忌。我们只能当侍应生，当厨师、司炉工或油漆工，而高级船员、外国佬的助手，我们是没资格当的，更别说能熟知航线，驾驶航船。船回香港，难得登岸，我却并不能闲下来，偶有闲暇，恨不得全用来昏睡。有时从宿舍中爬起，看到房间空无一人，一种可怕的慌乱冒出来，特别想家。此时当然没法马上返回海南岛，我们得随时待命登船。实在乡情难抑，我也只能写一封家信。而父亲从老家寄来的信件，每一封都在强调，世道越来越乱，千万别回去。父亲甚至在信里开玩笑一般说，若非年纪大了，他也得出去闯一闯。父亲的信，一次次浇灭我回家的热情，他说老家就剩他和母亲，怎么都能活得下去。有一回，公司提前通知我有十来天的假期，我翻出父亲最近的来信，也没能把心里的渴望给浇灭，便立即做回乡的准备，可最终并未成行——被一场席卷而来的台风扯住了腿脚。怪不得航运公司会放假，原来是那么大的一场台风突袭而来。台风肆虐时，我干脆申请守在船上——船就停在港口，该抛下的锚也全抛下了，可那场台风，仍旧要把船卷上天一般。船摇摆晃荡，让人头昏，我没有躲在船舱，而是跑到甲板上，对着狂风暴雨怒喊。风雨肆虐了两天，我疯了一般在船上嘶吼了两天。

我想学辨别方向，驾驶航船，熟识风与海流向的技能，可远峰号上等级森严，我不能改变肤色和血统，就只能在厨房张罗，在船舱收拾，当一个永远的下人。我很快就和其他船员一样，在憋闷的船舱内待久了，就需要一个发泄口，每到一处港口，我也跟着老船员们，前呼后拥，寻找烈酒和女人。从那些女人摇晃的身上回到摇晃的船上，我也会惭愧，想起越来越模糊的那个“她”，不知自己怎么就堕落了——可愧疚没有持续多久，船抵达下一个港口的时候，仍旧压制不住内心的魔鬼。虽然相比白人船员，地位极低，收入也不算高，但出海毕竟是特殊工种，收入比岸上的大多数工作要多些，又没处花钱，在远峰号上工作了四年多之后的1938年底，我也有了些积蓄。

我不愿长久在船上当下等人，合约到期后，我没有告知家里，便决定不再续签远峰号的工作。我想学一门手艺，就到一家技工学校报了名，学习修理发动机——我知道坐吃山空的道理，也干点杂活。1937年，“七七事变”后，中日全面开战——父亲一直以来的担心，成为现实。父亲频繁来信，叮嘱我掐死返乡的念头。香港的各家报纸，也整天报道各地的战况，内地的抗战极为惨烈。香港人心中，也惶恐不安，好多人都在忧虑，如果日本人逐渐南下，香港的日子能维持多久？英国人能不能守住他们的这块“殖民地”？那时的我极为苦闷，纵情酒色，在那些交错的街巷中流连，有种过一日算一日的绝望感。我和多名烟花女子保持着不清不楚的关系，有时再想起老家那一张雾色般的脸，刺痛感已变得极淡。1939年秋，我在一个海员时常流连的酒馆偶遇了田祝澜先生的侄子田华，两杯酒下肚，聊了各自状况，我谈及辞掉了远峰号的工作，他则对时局忧虑重重：“日本人四处作乱，香港是一块肥肉，他们怎么可能就闻闻味道而不吃？”

“日本人会来香港？”

“肯定。不是连海南岛都去了？绕过了香港，是因为得考虑一下英国人，在犹豫要怎么吃，但肯定是要吃的。”

耳边响起了炮火声。这是一个要炸毁一切的时代，全世界都鸡飞狗跳，还没有一点凉意的香港，也有了萧瑟之感。田华望着酒馆里喧闹的人群，望着外头拥挤的街道，说：“日本人要攻进来，这好日子就没了，整座城都要倒掉。”我心慌起来：“那怎么办？”田华说：“还能怎么办？要么在战场上见，要么躲。照我看，还是得上船，到时城里枪响，船在海上，还安全些。”我说：“可我已经……”田华说：“有商船正在招人，你要想去，我帮你联系。”我不及细想，点头答应，静等消息。

此后不久，我接到了父亲的一封信，父亲在信里说，自1939年2月以来，日本人入侵了海南岛，战乱四起，此刻万不可冒险返乡，以免无谓丧命。父亲还在信中说，母亲已经病逝，他已经将她安葬……怎么，我还未有机会让母亲过上好日子，还没让她展露难得的笑意，她……竟然……我没法读信的后面部分，恨不得立即跳入海中，朝海南岛游去。不知多久之后，我浮肿的眼再次盯着父亲的信……他有了下一步打算——我在香港谋生、母亲病逝，让他在实行这个计划的时候，没有了后顾之忧。父亲在信的最后，叮嘱我把信读完后，立即烧掉，以免留下祸患。我哪舍得烧，老家寄来的每一封家书，我都裹着多层布，放在一个铝制饼干盒里，喂养我很多个辗转难眠之夜。我在一个无人之所点了火，犹豫许久，也没能把那封信丢进火里——对我而言，要烧掉的不是信，而是母亲、父亲和海南岛。父亲在信中堵死了我的回乡之路，我阅了一遍又一遍，直到可以把内容背下来。

日本人的炮火已在三尺外，我希望快些上船，觉得茫茫大海上，倒有难得的太平。可我消息闭塞，没想到海上也成了战场。那时第二次世界大战正酣，1939年9月，英国对德国宣战后，德国便在海上攻击同盟国和中立国的商船，英国的海上贸易损失惨重。人员不断折损，需要大量补充新海员，英国的多艘商船，都在招募船员。中国海员的收入，也比此前要高得多，毕竟葬身海底的可能性增大了——可我并不清楚这一切。当田华到猪笼一般的出租屋找我，递给我一张表格，吹嘘这艘船收入有多高时，我不假思索地签了合同，成为费尔曼号上的侍应生。上了船我才逐渐了解到，费尔曼号隶属的商船队，直接由英国政府管辖，根据他们的需求和盟军的要求来确定航线与出航计划，往英国的海外部队运送军火，并往英国运回本土所需要的各种原料。除了五十名船员，费尔曼号还配备了十余名随船炮手。上船后，我有过疑惑：我是不是被田华给"卖"了？他是不是为了中介费，把我当送死之人推给了费尔曼号？海浪翻滚，费尔曼号乘风远航，我已经没法揪住田华的胸口质问。我更没办法反悔，合同上摁了手印，三年的劳务合同。

听说这商船有可能会遭遇战事，我还涌起一点点不合时宜的兴奋与窃喜。我想到了父亲的那封信，在那封信里，年迈的父亲还豪气干云奋不顾身地去死，我作为船员——即使只是一个侍应生——又何惧与那些德国人在海上一战呢？来吧，德国佬；来吧，希特勒的爪牙们……只要拼过，丧身在他们的炮弹下，总比坐等日本人杀到香港无辜丧命好。在费尔曼号的船舱内，我不时抚摸着那个铝制饼干盒，想和所有人分享父亲的勇敢，可我一个字也不能说，我吞下所有的秘密——表面上若无其事，肚腹内风云四起。与远峰号相比，费尔曼号上的英国船员对中国海员多了几分尊重，因为在此时，我们还愿意和他们一起出航，从某种程度上说，我们不仅仅是侍应生，也是同生共死的战友。

在费尔曼号上，有了父亲那封被我藏入铝制饼干盒的信，我的心态和在远峰号是不一样的，我总觉得，父亲与故乡离我近了，海上的颠簸再漫长，孤寂得只能望着船外风浪的日子再漫长，也没有那么难熬。不时传来的全世界战场上的消息，打发着我们的单调时光。船上也会不时播放一些英文广播，我慢慢地可以听懂一些，也会有零星的几句不懂，有时揪住一些老船员，多磨几回，他们也愿意教教我。他们跑船跑了大半辈子，心里装满人生的惊涛骇浪，只要有机会，都憋不住，没有劣酒催迫，也哗啦啦倾倒——倒出欢笑与泪水，也倒出拍打肩膀与称兄道弟。

费尔曼号所行走的大西洋运输线，维系着英国的命脉，英国超过一半的战略原料和粮食依赖进口，而目前这条运输线上，德国的战舰已经虎视眈眈。费尔曼号也曾多次从敌军的虎口脱险。

有一回，费尔曼号在英国小港口怀特黑文港停靠，这一回装运的是什么，我们普通船员无法得知，只是收到通知，不能上岸瞎折腾，得随时待命——有一个船员憋得太久，眼睛喷火，船一靠岸便闻着味道朝某个地方冲过去，后来差点被解聘。一个一个大木箱在往船上安装时，正是傍晚，霞光正好，每个人都觉得这是如往常般安详的一天，港口周围的海面猛地响起轰炸声，鱼雷已经击中港口的防波堤，顿时人人慌乱，震荡的波浪推得费尔曼号摇晃不止，木箱四处滑动，砸伤了船员，我的双臂也被擦伤。未等回过神来，防波堤的另一侧也响起轰炸声，惨叫不绝。幸好这两声之后，再无声息。我们屏住呼吸，总觉得还会有爆炸声响起。后来听说，那两颗鱼雷的目标，本就是费尔曼号，幸好准头有偏，我们才躲过一劫。而鱼雷是从何处射出，一直是个谜，莫非是希特勒海上的船，已经潜近英国的港口？在忐忑中闪躲了两天，公司安排同一天从港口朝不同方向开出多条船，用于迷惑对手——可总有人遭殃，在费尔曼号行到半途的时候，我们就接收到了消息，往其他方向的船有一艘已被击沉，还有一艘已联系不上，估计也凶多吉少。我们走到费尔曼号的甲板上，朝怀特黑文港的方向望去，哀伤且无能为力。

相较于大西洋运输线上的危机四伏，这些都算是小儿科，因为船靠着港口，还来得及逃生、躲避，而那些运行在大西洋上的商船，没有靠岸的便利，没法再得到空中的掩护，不出事则已，一出事便是葬身海底。德国的潜艇深藏水中，没有人知道它们会什么时候冒头，当看到它们鲨鱼般的背鳍，看到它们鲨鱼般的利齿时，已是临死之前。

即便海上如此危险，我也没有了退路，因为香港也已沦陷。1941年底，太平洋战争爆发后，日本突然空袭香港，驻港英军迅速溃败，仅抵抗了十八天，在圣诞节当日的傍晚，港督杨慕琦宣布投降。而在日军进入香港的一年多以前，英国已经开始撤侨，那些血统纯粹的欧洲人，乘坐高级邮轮撤往澳洲；欧亚混血的，只能被送到马尼拉；香港的本土中国人，则彻底落入日本人之手。英国提前撤侨，是其准备放弃抵抗的迹象，香港已经被英国首相丘吉尔在那个黑色圣诞节，“卖”给了日本人——是的，香港毕竟不是英国的本土，英国人才不会为此玉石俱焚。

在船上听到香港沦陷的消息时，我知道自己已经无处可去，这个世界，只有费尔曼号是我的容身之所了。我还想起了田华，他是不是卖了我已经不重要，此时，他又在哪？他还活着吗？他是在沦陷的香港，还是也上了一艘船，成为一个在汪洋之间移动的“流民”？我一个蝼蚁小民，可时势逼迫我不得不去想：这个四处大战的世界，哪里还有一块安稳的土地，能让人安稳地把日子过下去？转开船上的地球仪，或者盯一眼贴在船舱内侧的世界地图，没有一个角落不响着轰炸声，人类恨不得把栖身的这个地球炸得稀巴烂。费尔曼号所属的船务公司，在我的合约履行到三分之二的时候，提出续约五年，我没有任何犹豫……我还能去哪里呢？我还能干吗呢？

继续在水上漂荡着吧。

救命稻草般的费尔曼号，也是脆弱的。1942年底，费尔曼号从南非德班港出发，这个港口是1824年在英国殖民之下建立的，拥有整个非洲最大的船舶运输量。费尔曼号前往荷兰殖民地荷属圭亚那的一个港口，一离开浅海，船犹如一粒微尘在汪洋中漂浮，你会觉得，船既没法抵达目的地，也没法返回出发地，会恒久漂在这蓝色的中央。若非船身划开水面的波浪在滚动，你会感觉这船是静止的。

我打发这漫长航行时光的方法，要么是抚摸着铝盒里那些可以背出来的家书，要么是回想海南岛上的时光。费尔曼号出航十二、十三还是十四天的时候——是的，我已经不太记日子了，不再像在远峰号上一样，每天画一根线——在午时之前，费尔曼号航行如常，我正躺在床位上。这床舱在费尔曼号机房上头，是船上最吵的一个“震源”，机房里的轰鸣与震动，让这里没法真正安静下来。因尚未载货，船吃水不深，速度极快，按照安排，船上的人都在准备换班。我听到同舱的轮机长的勤务员已到机房去了，大家都在按部就班工作着。

这似乎是一切如常的一日。

“轰”——船身震动，倾斜，摇晃不止。我一个打挺，从床上跳起，巨大的炸响声伴随着水柱从船舷外溅射，各种叫喊声响起，警报声、各种设备的撞击声交织在一块。我还没来得及站稳，又是“轰”的一声巨响，我被甩开了，若非我跟父亲练过一些功夫，在摔倒时及时做些防护，搞不好我已经在船舱上撞晕过去。这是深海，费尔曼号不可能会撞上什么，那爆炸声也绝非寻常撞击能发出来的……我本能的反应是，肯定是潜在暗处的“德国鲨鱼”，露出了嗜血的利牙，朝我们发射了鱼雷！船上有固定的演习时间，有些动作已经成为身体的本能，平时练功的优势也体现了出来，我以自己都想不到的速度，本能地抓住救生衣套在身上。

中了鱼雷之后，费尔曼号虽然没有直接裂成几段，但船身爆炸了，火光冲天，浓烟滚滚，能把人熏晕过去。海水灌进船舱，船舱在海水灌注的巨大力量下震动不止。幸亏我的舱房在机房的上头，位置较高，那些在舱底工作的，就算没被鱼雷直接击中，也已被灌入的海水直接吞没。我往外跑，和一些奔逃的船员撞到一起，来到了甲板上，我抓住船舷。浓黑的烟雾从玻璃窗翻滚上来，被困在下头的人，爆发出凄厉的惨叫。1942年上半年，大西洋航线上，被德军击垮的数百艘船的传闻带给我的恐惧，都不及眼前这一声轰然炸响。我想，再响一声，再来一颗鱼雷，一切就都结束了，可第三声轰炸声没有再响起。好一会儿，我才想明白，这并非德军仁慈，而是法西斯在细品猎物的哀号。

还能跑动的船员，踉跄着跑到甲板上，船身上不时有飞溅的什么东西击倒船员，船员只能挣扎着再站起，哇哇大叫。船身被鱼雷击中的地方，涌出一股一股黑油，那是船的力量之源，是费尔曼号的血液。这黑色的血迅速被火焰点燃，来不及燃烧的，则流到了海面上，水面蒙上一层黑膜，油膜逐渐扩散。事发太过突然，出于惯性，费尔曼号还在往前冲，但后船身已经不断下沉，船尾泡在水中，船头斜竖起来，若非攥紧护栏，人就会往下滑。船上没固定住的东西则不断滑落，发出杂乱的声响。反应快的船员，正在驾驶室旁边努力解开救生艇。船下沉的速度更快了，没有任何犹豫的时间了，我奋力往海面上跳。船下沉的漩涡几乎吸下一切，随着漩涡沉入水中的时候，船身上甩出的各种碎片和“垃圾”不断撞击在我身上，没来得及感受那种疼，我就几乎昏了过去。

不知道过了多久，十分钟？二十分钟？我没法知道。从某种窒息中缓过来的后，我只觉得冷，我怎么没有被费尔曼号沉没的漩涡带进海水的坟墓？或许，我被甩开了？或许，本来被拽下去了，但漩涡缓和后，我又被救生衣扯上水面？浸泡在海水之中，寒意袭来，我身上被撞击的地方，也在此刻扩散出彻骨的疼痛。救生衣让我即使没有划行也浮在水面之上，我的眼睛离水面并不高，只能以极低的角度，看到空荡荡的海面，接近一万吨的费尔曼号已经消失，而我离其沉没的位置有数十米——那团从船上溢出的黑油，离我有数十米，黑油不断扩散，变得稀薄，黑色成了灰色，把太阳光反射出各种色彩。船上甩下来的一些较轻的东西，在黑油覆盖的那片区域随波荡漾：有破碎的木板，有变形的木箱，也有死去的船员。没来得及穿救生衣的已经随着漩涡掉入深海，穿着救生衣的都是一具具尸体，裹着黑油，甚至被烧成黑乎乎一块。我头上脸上粘着黑油，在中午阳光的暴晒下，感到极为炎热，而没法抽离水面的身体，则冷刺入骨。除了天空的太阳还能帮我稍微辨别一下方向，人根本没办法在四望皆蓝里，找到一个可以去的方向——你没办法知道，往哪边可以离岸更近。

我羡慕那些先我死去的人，他们可以不用跟我一样面对这一刻。我奋力往水里潜，想让自己溺死，救生衣的浮力把我拽了上来，我喘着粗气，好久后，才平复下来……我朝一块木板划去，抓住后，翻爬两次，趴在木板上，让自己省力地漂浮起来，也让身体不那么冷。就在这时，我听到了呼喊声。声音支离破碎，又是英语，我听不太懂，在木板上转了几圈，才发现约一百米外，一艘从费尔曼号上掉落的救生筏上，坐着三位船员，声音就是他们发出来的。他们的声音近乎绝望，在嘶吼，又夹杂呜咽，远远看去，他们像是在扭打，又像是在相拥。我也喊起来："Help！Help！"可这声音，在海风、海浪的夹击里，能不能传出去呢？我加快踢腿的速度，想快些赶过去。

我进一米退三米，波浪把我往后推。浪越来越大，荡起的海水劈头盖脸打过来，往我的口鼻灌。我不得不停下来，看看这忽然而来的大浪。我猛地看到，离救生筏更远处，海面上慢慢浮起一根细长的东西，海浪正是从细长的东西那里奔涌过来的。细长的东西继续升高，那是潜艇的望远镜——一座巨大的潜艇顿然浮出水面，由于长期浸泡在水中，它颜色深黑，加上背光，犹如一头海怪，带着摧毁海上一切的压迫感。露出水面的潜艇，几乎没有给三个船友留下喘息的机会，就从一个机枪口处“哒哒哒”一阵扫射，三人没来得及反应，连惨叫也没发出，就被击中，掉入海中。潜艇缓缓下沉，缩回它触丝般的望远镜，退到海底深处。潜艇下潜带来的波纹归于平静，整片海面只剩下那种恒久不灭的轻微荡漾，那种死寂般的荡漾。没有意外了，现在，我是费尔曼号上唯一的幸存者了。

我想到那潜艇上的望远镜，想到望远镜的那头，站着一个观测的德国兵，军官站在一旁，而那个观测的士兵，在看到我挣扎的时候，回头跟他们说了什么，他们哄然大笑，被围在中间的军官缓缓摆手，让潜艇下潜——正是这想象出来的画面，让我没有立刻去死。你们不是认为射击我会浪费几颗子弹吗……那好，我就熬着，熬一会儿是一会儿，熬破你们的期待。这想象所带来的动力，催促我抓紧木板，朝三个船友刚刚死去的那艘救生筏游去。我很清楚，如果找不到一个可靠的栖身处，我肯定没法活着见到明天的太阳。目标定下之后，我才发现在海上，所有的目测都是误测，我以为距离不过一百米，真正游起来，手脚都要断掉，身体越来越冷。我体内的食物积蓄已经全都耗尽，一旦游动起来，我就疲乏得要呕吐，可还得游。等我真正爬到那艘在海浪中时远时近的救生筏上，已经接近傍晚，这一刻，残光尚未退去，海面被某种阴森森所笼罩。靠近救生筏的时候，看到那三具被击毙的船友的尸体，我想过去看看他们的脸。我游近了，伸手抓住一具尸体，一股血液混合海水的腥味袭来，我又要呕吐起来，尽管肚子里已经没有什么可以吐了。

让救生筏浮起来的，是六个防漏桶，三个一组，并成两排，组成一个近乎三米长、三米宽的正方形，防漏桶上焊有大金属扣，粗大的绳子套过去，把它们连成一个整体；两排防漏桶上，铺着长三米、宽一米的木板，形成两个“甲板”，两排“甲板”中间，还有一块三米长、一米宽、半米厚的凹陷，底部由钢条焊死，把防漏桶拼成一个整体，钢条上也铺有木板，用于栖身，要比坐在“甲板”上安全，这凹陷底下也铺着木板。当然，这并不是救生艇，几个防漏桶外并未裹有船身，海水随时会荡到凹陷处的木板上。但无论如何，我可以歇息一会儿了。这一番逃生后，被撞击处的疼痛，在此时爆发出来，手臂、大腿上都有撞击伤和擦伤，经过海水的浸泡，伤处的颜色变得很怪异。

平复一下心情后，我在暮色降临前，观察起这救生筏。“甲板”和防漏桶之间有夹层。一侧的夹层是一个铁桶，桶是深绿色的，用黄色英文涂着“WATER”——以防不测用的淡水。铁桶的盖子旁，还挂着一个金属钥匙。我取下钥匙，找到孔洞，一插一扭，盖子打开了，里头正是淡水，准备伸出手捧一点来饮用，才发现手上全是油污，我只能在身上擦拭擦拭，再在海水里洗一洗。不知道是呕吐过度还是这水因封存太久而有异味，水喝起来很怪，此刻我却已经顾不得了，这就是能续命的圣水。翻看另一侧的夹层，揭开金属容器的盖子后，一边放着四只手臂粗大的圆筒，包裹着防水纸，这东西，我虽没用过，但在船上多年，也见过了，这是信号弹；另有一个小一些的，也裹在防水纸里，我揭开一看，是手电筒……这些都不是我最急需的，我最需要的是食物。果然有，那是罐头，我长长地舒了一口气，也顾不上数有多少，至少，我暂时不用忍受饥饿了。

取出一瓶罐头，我根本不知道自己吃的是什么，可能是压缩饼干，可能是肉罐头，味道不重要，也无心辨别。随着夜色渐起，周围变得深黑，这几平方米的救生筏漂荡在海上……天知道能不能熬过今晚。我木然地吃着罐头里不知道是什么玩意的东西，想起费尔曼号上的晚餐，它竟已经变得如此遥远——费尔曼号上，晚餐后，是一天里最闲暇的时间，所有的按部就班，在此时都变得松懈，就连尖刻的船长、大副也开起玩笑，他们甚至会跟你碰杯。在那时，船上虽不能说是灯火辉煌，却也是大海上一座移动的皇宫。而这一刻，所有船员已经跟费尔曼号一起，永远留在这一片海域，唯有我一个故乡远在万水千山之外的中国人，坐在这浮萍般的救生筏上。

救生筏并不平稳，海浪高时，它会被甩起来，而我只能蹲坐在中间的凹陷处，以免被甩到水中。仰看夜空，是能看到一些零碎的星光的，但太遥远了，太细小了，周围是巨大的黑。我想到了手电筒，可我知道，那是应急用的，等什么时候遇到路过的船只，它也许能救我一命。太阳在白天把一些海水晒蒸发，到了夜里，这些水汽飘在海面上，让我感到刺入骨髓的冷。我脱下长裤，一只裤腿在我的左手腕上打一个结，另一只裤腿绑到救生筏的一块木板上，防止浪大时我被甩到海里。那是一个怎样的长夜啊，时而冰寒刺骨，时而酷热难当，我靠在木板上，没法睡去，在这冷热交织里心潮澎湃。我一会儿希望突然袭来一个浪，把我彻底吞噬；一会儿又心想，什么时候来只鲨鱼或巨鲸，让我彻底结束这无边无际的心潮起伏。

不知道过了多久，天亮了，我解开绑在手腕处的裤腿，在救生筏上站起来，让筋骨松一松，身体盘曲了一晚，我得让它醒过来。站到一侧，救生筏就不稳，一边高一边低，我要么站在凹陷处，处于救生筏的中央；要么把两腿分开，劈腿站在两侧的“甲板”上。我还得想一想，今天能做些什么，太阳刚出来不久，日光将会变得越来越强，几乎能把人剥掉一层皮，我总不能在日头最盛的时候，一直泡在海水里。

我翻看金属储物箱，从里头翻出几捆帆布来，每一捆都卷在一根木棍上。这帆布有什么用？我查看救生筏，发现救生筏的四周，都在铁桶上焊有插孔，大小正好和木棍的一头一致，也就是说，这木棍可以立在救生筏周围，以帆布围裹，对救生筏形成保护，既防晒，也防止风浪大时，把人甩到海里去。日头越来越高，天气越来越热，我已经快被晒晕，只能喝几口淡水缓一缓。把长棍套入插孔，下头还有卡扣扣住，帆布上的挂孔，也正好可以把帆布挂上，把整个救生筏裹了起来。还有两三捆帆布，或许是备用的，我拿出一块，挂到棍顶，可以遮阳；另有一块，我想办法悬挂于救生筏的凹陷处。说来并不难，但安装的过程中，只要我压在救生筏的任一侧，救生筏便会摇晃，再加上海水从未有一瞬的止息，我有好几回，几乎要滚到海水中。到了中午，帆布才基本安装好，可以让我在这救生筏上暂时躲避一下烈日的暴晒——海面毫无遮挡，阳光直逼而来，悬挂的帆布并不能完全遮阳，但比直接照射，要好受得多了。实在受不了，我只能扶住救生筏，下水泡一泡，再爬上来——这降温法，无疑饮鸩止渴。

为了保持自己的时间感，我用那个易拉罐盖子的锋利铁片在木板上画“正”字。这是第二天了，我画了一横，接着一竖。日头悬到中天，我再次取出一些压缩饼干来吃。我估算，以目前的水和食物的量，要是正常饮食，恐怕撑不了三周；要是省着点用，仅维持活着的状态，可以再多熬个十来天。淡水的来源，只能依靠老天下雨补充；而食物，似可以想想办法，毕竟，大海中最不缺少的，就是鱼。

被海水浸泡又不断被海风吹拂的身体，黏糊糊的，让人瘙痒，一旦伸手去抓，就再也停不住，缩回手指，瘙痒会疯狂反击。可又不能一直挠抓，否则肌肤见血，导致发炎，我的日子恐怕更加难过。可瘙痒就是这样，手指安抚一下，它们就安静了，越是硬撑着、忍着，它们就越互相集结，疯狂进攻。除了在救生筏上练练拳脚功夫，我也会时不时静坐，这是保存体力，减少消耗食物和淡水的最好办法。有时，看到哪一片海面上有乌云遮盖，我试图让救生筏漂过去，希望雨水能下来，但很少能赶上。要么，赶过去后云却散了；要么，那看起来很近的距离，远得超乎想象。

我只能把目光放到船上，看看有什么工具是可以利用的。在金属箱里捆绑固定帆布的那根绳索，我准备用来代替我的裤子，连接我和救生筏，以免风高浪急时，我被甩离救生筏。费尔曼号是货轮，没有什么客人需要服务，但因为高级船员们都是英国佬，各种仪式烦琐得很，我当侍应生，制服要收拾得整整齐齐，点头哈腰更是少不得。此时我一个人在救生筏上，没有了这些管束，不穿裤子也没什么难看的，可白天强烈的日光晒下来，裸露的大腿会被晒到脱皮，浮肿；到了夜里，水汽弥漫的海面，又变得寒凉刺骨，没有一件裤子防护，熬不下去。

我没有学过洋流的知识，船上的高级船员也不可能教我，我搞不懂救生筏最终会随着这片水流向哪里——或许，当人们发现这只救生筏的时候，我早已不在了吧？或许，直到这救生筏彻底沉没海底，也不会被人发现！有一次，我从帆布的缝隙中往外一瞧，猛地看到了高楼重叠，莫非漂到哪个海岸边了？我几乎是弹射起来，把头探到帆布外一看，哪里有什么高楼，仍是茫茫大海——幻觉已经出现，我苦笑不已。出海的人都知道：看到海市蜃楼的人，很快便会丧身海底。

海上水汽充沛，雨水也频繁。第五天，我就遇到了一阵急雨，雨水哗啦啦劈头盖脸而来，所幸并没有伴随着狂风。头顶的帆布很快被积累的雨水压凹，我一顶，把雨水顶出去了，我掀开头顶的帆布，脱下衣裤，让雨水劈头盖脸打过来。我在雨水中呼叫，我喊给自己听。雨水冲刷着身体，我感到前所未有的清爽，费尔曼号沉没所带来的积郁也消散了一些。我还用双手捧着雨水，狠狠地喝了几口——这是五天来，我喝过的最干净、最没有异味的水，我还刷洗了一下围裹着救生筏的帆布。等我回过神来，意识到应该要接一些雨水补充到水箱里之时，这雨已经停了。

第五天夜里，天出奇地黑，我不自觉毛骨悚然。我已经不得不适应无际的大海了，可这黑仍然让我感觉到恐惧——一种单纯的黑带来的恐惧，一种没有任何光线的恐惧。我忍不住掏出了手电筒，打开，一束光猛地亮起，眼睛受到刺激，泪水瞬间就要冲下来。我把手电筒的光对准海面，没一会儿，竟还真有一些游鱼过来，甚至奋力一挺，跃出水面，朝手电筒的发光处撞过来，我本能的反应，竟然是往旁边一躲。跃上来的鱼，也被救生筏围裹着的帆布给挡回水里去了。我立即把手电筒关闭，冒着黑摸索了好久，掀开其中一个方向的帆布，喘了口气后，我再次打开手电筒，一会儿后，游鱼又过来了，它们朝光跃起，力道有限，只是跃出水面，便落了下去。手电筒的光再次射向水面，不一会儿，又有鱼跃过来，却并没有直接冲到救生筏上，它们好像懂得了我的心思，一次次跃起，但并不会往救生筏上跳。

费尔曼号失事后，我在这救生筏上，没有真正睡过。有时脑袋充气一般涨起来，脖子都要支撑不住了；可即便困成这样，即便水面平缓，甚至是在微风习习、暮色渐起的傍晚，我也没法进入真正的睡眠，脑子里的念头，仍在万马奔腾。在这救生筏上，身体并没有什么劳作，但也并未真正休息过。对于身体来说，只要人是醒着的，那就是“劳作”；只有睡去，才是真正的“休息”——在救生筏上认识到这一点之后，我有了更深的睡眠焦虑，想逼迫自己入睡，可越是这样，越是没法睡着。为了让身体得到休息，我还是得用上父亲教我的打坐。摁住那四起的念头是没法做到的，那就任由其四处乱窜吧——很奇怪，当我完全放任，让躁动的妄念蹦来跳去，它们反而在没有压制的情况下变弱。有那么一些瞬间，我发现救生筏消失了，救生筏之外的海也消失了，我进入一种澄明之境……在那里，我没有恐惧，没有欢喜，也没有了对故乡、对父亲和母亲的牵念，一切都空了；那片浩大无边的海，并没有在我的身体之外，而在我的心里。这种澄明的感觉，出现的时间极短暂，电光火石之间便已消逝，我仍然会回到眼下的救生筏上。

第八天的时候，我遇到了一场不小的风雨，我再次在雨水中狂欢。雨水在帆布上，累积成一团团，我用空罐头盒子往水箱里灌，装满之后，我还不甘心，把那些空罐头盒也装满，当然，每一次救生筏的摇晃，都会将水洒出去大部分——不管了，剩一点算一点。水箱装满之后，我不断用双手接水，一口口喝，一直喝到反胃，实在是咽不下了才停下。跟雨一起来的是风，风把救生筏吹得晃荡不止，我就算扶住围裹帆布的木棍，也没办法站直。不怕，一根绳子把我和救生筏连接在一起，就算死，我也要死在这救生筏上，我不想被压入幽深的海底。风雨过后，一片辉煌的晚霞，整个天空被染成灿烂的橙红色。我出海多年，看过太多次海上的朝阳与落日，可从未看见天空可以辉煌成这个模样。我不是读书人，更不懂写诗或唱歌，可那一会儿，我竟然涌起难以说清的冲动——我很想说出两句诗，很想唱出几句歌，来赞颂眼前的一切。我甚至在那一瞬间想到，若是有神，有上帝，他肯定以俯瞰的目光，看到这辉煌天空下，海面刷上一层金漆，一只救生筏上，一个衣衫破碎的人在随波浮沉，驶向未知，他一定把我当作他最忠实的信徒。

也就是在这霞光万丈中，我看到了航船，起初，我还以为是幻觉，还以为这辉煌背后是海市蜃楼，我狠狠扇了自己两巴掌以辨真伪，疼痛过后，救生筏右前方的那个巴掌大的黑影，正在海面上缓缓移动。我无法用肉眼判断距离有多远，但我可以肯定，如果这艘船朝我驶来，不会超过几分钟。我用尽全力喊道："Help！ Help！ Help！"喊几声后，我才想起，金属箱里还有四发信号弹。信号弹在半空炸响，大片浓雾冒出。等了好一会儿，我看到那艘船并没有改变方向。我立即射出第二发，可老天开我的玩笑，这一发毫无反应，这颗信号弹竟是坏的。来不及犹豫了，我拿出第三发，对着那艘船的方向，再次射出，辉煌的天空上，浓烟滚滚。我忐忑地望着，好一会儿之后，我感觉到那艘船不再移动了；再一会儿，那艘船在我的视线中逐渐变大。我兴奋地喊叫，还打开手电筒，朝那艘船摇晃。船越来越大，我看到了船身上的字母——USA，船上悬挂的，是蓝红白的星条旗。我很确定，那艘船上的人看到我了，我不断地朝那艘船挥手……可是，船停住了。我焦急起来，想发出最后一发信号弹，却又想给自己留着。我确信，船上的人能听到我的声音，可那艘船没有继续向我驶来，我想立即跳下水，朝那艘船游去。那艘船没有要搭救我的打算，它重新掉转航向，再次在我的眼中变小了。……他们……怎么能？我绝望地望着那艘船逐渐远去，天边的辉煌之色逐渐暗淡，陷入黑灰——那绚烂晚霞，并非上帝的赏赐，而是无情的嘲弄，撩起我的希望又狠狠地将其掐死。

经过雨水的补给，淡水还能坚持一段时间，食物却只消耗不增加，不管怎么省着吃，也要耗光。胡须已经冒出，身子愈加消瘦，此前因练武还算强健的手脚，可以轻易地摸到骨头——摧毁我的，除了淡水、食物、碧海，还有内心的不甘。当我在救生筏上画完第四个“正”字后，我总算做出了钓钩。手电筒的电量越来越弱，我无意中拧开手电筒的尾部，发现了一圈顶住电池的弹簧，我立即兴奋起来——这弹簧拆下来，稍微调整，就可以做成鱼钩。有了鱼钩，接下来则是钓线。我把目光望向连接我手腕和救生筏的那根原来用以捆绑帆布的绳子。我把拧紧的绳子逆方向解开，抽出多根细线，再把绳子拧回去。还得找鱼饵——罐头里的东西恐怕都不行，没法挂到钩上，还未入水就已散开。救生筏底下，常常围绕着一些鱼，因为经过这二十几天的浸泡，救生筏底下的防漏桶上，已经附着了藤壶以及各种贝壳，鱼就是被这些附着物吸引来的。我立即取出一片罐头的易拉盖，跳入水中，铲刮藤壶，其肉正好可以挂到鱼钩上。藤壶壳剥开的瞬间，我闻到了那种带着咸味腥味的气息，忍不住吸了几个，清凉的肉滑入喉咙。我不惯生食，可已被压缩食品逼到极致，觉得这是无上的美味。钓鱼最忌急躁，而我有的是时间——我唯一有的，就是时间了。我陆续扯上了三条鱼，都不大，也就三指四指宽，但这只是开始。罐头锋利的易拉盖再次出马，化身为“刀”，刮鳞、切肉，我吃到了鱼肉。吃不完的，杀好悬挂在救生筏上，让烈日晒，让海风吹，就成了鱼干。捕到了鱼后，我也会用一些鱼肉当成“鱼饵”，用来钓鱼——我总算有了一个“牢靠”的食物来源。

在此后的第四十天、第八十六天，我还有两次获救的机会，可仍然没人对我施以援手。第四十天的时候，早上，一架直升机从不远处划过，有直升机，至少说明附近不远有大船，我发射了最后一发信号弹，我不确定那架直升机有没有看到我，它沿着自己的方向，轰鸣着离开了。第八十六天的时候，在午后，黑云压来，海风汹涌，暴雨将至，有一架直升机飞过来，经过前两次的打击，我已经对救援不抱任何希望了，我也没有信号弹了，只能呆呆地望着。很显然，飞机发现了我，并且，它在试图靠近我，它飞过来，在救生筏上空掠过，但不知道是暴雨来临前海风太大还是别的什么原因，飞机绕着救生筏几圈后，也飞走了。

一个夜里，月光盈满，海面荡漾着乳白，可以看到很多画面，可眼前空荡荡的，我能看到什么呢？什么都没有……等等，那是什么？远处的海面上，凸起一团黑影，那是什么？我双手从救生筏伸到水面，划动着，想朝那黑影而去。那浮起的黑影是什么？一座岛、一艘船、一条巨型大鱼的脊背？我不清楚，也不知道距离有多远。我只是想朝那个黑影移动，我甚至跳下水，双手扶住救生筏，双脚踢水，以拉近和黑影的距离。当我累得再也踢不动，也不知道救生筏到底移动了多少时，我抬头再次看那黑影……可，什么都没有，那黑影消失了，或者说，它也许从没存在过。我爬上救生筏，浑身疲乏地躺着，仍不甘心，闭上眼睛，然后猛然睁开眼睛，看那黑影会不会出现……如此反复数次，都没有，没有黑影——没有一座岛、一艘船或一条巨大的鱼。

我尽量让自己的生活变得规律、正常起来。进食、饮水也尽量定时，早上一次，傍晚一次，让身体在极限条件下，保持运动机能。其他时间，则花在寻找食物上，也就是钓鱼上。即便哪天只钓上一条，也够我支撑一两天，鱼血再腥，也不舍得浪费。只要天气还未极端到持续一个多月、两个月不下雨，我就有机会补充到淡水——我甚至想，只要救生筏不散架，我可以在这上面一直活下去。头发与胡须像被施了肥般以前所未有的速度生长，海风吹拂之下，每一根须发都硬得犹如铁针，摸上去都能把手掌扎出血迹。再过些日子，须发更是裹满了盐分，盘根错节，结成硬邦邦的一块。脸与脖子被风中的海盐一层一层涂抹，摸上去黏糊糊的，变硬之后，几乎可以从脸上揭下一层海盐面具。

最难对抗的，不是饥和渴，而是月光，尤其是那次月夜里遭遇一团虚幻黑影之后，每个月夜都特别伤人。月圆了，便知道是中国历法里每个月的正中间，月色把海面刷上一层乳白，连绵的波光一直闪烁。在这海上，每个月色盈满的夜，我都被深深刺痛。让人抓狂的思念，在这样的夜里泛滥，好几次，我在海里看到很多熟悉之人的面孔，他们在海水的深处雀跃，欢腾，我很想加入他们。我真的往海里跳过，但陷入海水里的挣扎，又让我清醒过来。若不是那根绑在手腕上的绳子，我已经在月夜里溺亡。月光还会勾带出身体的欲望，是的，我跟着那些老船员，在某些港口的烟花柳巷里，享受过身体的快感……当月色盈满，体内的欲念也如大海之潮，被那遥远的引力所左右。在这救生筏上，我不会在白日主动寻死——即使风雨大作，我也要与之搏斗——我却好几次几乎丧生于月光，丧生于它的柔媚，丧生于它柔媚背后的决然一击。

除了朝阳、落霞、月色以及虚无缥缈的海市蜃楼，我也见过一群海豚互相追逐，从不远处跃出海面，落入水中，又跃起……我第一个念头，是能不能捕捉一条海豚当食物，足够我支撑很久很久。即使遇到巨鲸或群鲨，我的恐惧也有边界，它具体可感，不像心无所附时的巨大虚无。它们的出现，说明这片海不是死寂一片，在我的不远处，生存着无数生物，我并不寂寞——那种天地之间只存我一个的死寂，才是最为可怕的孤独。

只要雨水能及时降临，我就觉得自己可以永远活下去，现在已经没人能从这救生筏上把我打垮了——尤其在第八十六天那次获救失败后，我不再心存任何希望。在一百零二日的时候，一场突然到来的风雨，让我的水箱得到了补充，而我多日里钓上来挂着晒干的鱼，则由于收拾不及时，被打掉了大半。当时我根本没想到，这场风雨后，会迎来漫长的枯雨期——或许雨并不枯，而是我的好运气已经用完。当水箱存量不足三分之一的时候，我慌张了；还剩下不到十分之一的时候，雨还是没来。附着在防漏桶上的藤壶，大多已经被我抠下来了，藤壶的汁水也带着咸味，不是淡水，可这已几乎是唯一的"淡水"来源了。在一百三十五天的时候，水箱里的水已基本上耗尽——说是基本上，是因为还留着几滴，保存我最后的希望。我喉咙冒火，整个人也只剩下皮包骨，头发和胡须更长了，一具须发飞舞的骷髅。一百三十九天，我把最后的几滴水给喝完了——再不喝，我就得立即死。我亲手掐死我最后的希望。

我纯粹是靠意念在熬着。德国佬想让我死——那我不能死；商船和飞机见死不救，想让我死——那我不能死；日本人侵入了整个中国，我有家不能回——那我不能死；父亲在一封封信中告诫我，要活着——那我不能死；我还有婚约尚未履行——那我不能死；我还得找到昔日的海员伙伴，和他们一起到那些港口的窑子狂欢——那我不能死；我既然已经在救生筏上漂了一百四十天，我肯定还能活着——那我不能死……我几乎站不起来了，钓鱼也成了奢望，一直保留未动的最后两盒罐头，我有没有力气打开也成了问题。我不断用幻想来填充难熬的每一秒。

我终于看到了丰沛的光明闪耀在幽深洞穴的尽头，我需要走过这黑暗之海，抵达那无上的光。虚弱的我，看到了木帆船，我没法判断那船有多大，有多远，它是来渡我走的吗？或许，我回到了我海边的故乡？我没力气呼喊，我也不想呼喊，眼前这片没有那么蓝、有些浑浊的海域，在我眼中如此不真实，这肯定是海市蜃楼，是我的幻觉，是我临死之所见——之所想。可那木帆船还是逐渐向我靠近，船上有人，那是普通的渔船，船员是什么国家的人，我不知道。我终于用尽所有的力气，好像喊出来了，却又没发出任何声音。帆船上的渔民好像过来了，又好像一动没动；他们好像在交头接耳，又好像一言不发。我知道，画了二十八个“正”字后，我越过了无边的苦海，逃过了死神的追杀。

五

望海堂只剩下半截地基，显示着那里曾有过一栋建筑。这座老房子损毁于20世纪70年代初期的一场大台风。这本是1949年之前多个村子共同修建的私塾学堂，台风摧毁前已经荒废多年。望海堂的倒塌，也让不少人的记忆被抹除，他们不再记得，不少周边的子弟曾在那里读过两三年诗书。方延后来定居美国，午夜梦回，有些声音在耳边缭绕：“崎岖万里天涯路，野草荒烟正断魂……”“天涯万里，海上三年……”都是当初望海堂的先生常念的句子，方延少年时不解其中意，随着年纪渐长阅历渐多，他逐渐了解这都是古时流贬海南岛的罪臣写下的，他们关山万里到了海南岛之后，总有难以再返中原的绝望感。他更知道，和古人相比，他被流放得更远。他去美国的大型图书馆，在那里的中文区翻寻旧报纸，想找到一些关于他先生的消息——根据先生的姓名，若真是对中国革命有贡献，当年上海、北京的一些报纸，或许会刊登相关消息。但方延并非历史的研究者，更非索引专家，哪能在随意的翻寻中，就在某张旧报纸的某个角落，“碰巧”找到某个人的讯息呢？更何况，那先生真名为何、化名叫啥，也难说得很。

方延总是抑制不住要想象先生最后的时光：北上之后，先生积极投身革命——或许，他投身的，是有些隐蔽的战线。在那些生死搏杀中，先生见到了人性的坚贞与背叛，见到了光辉与黑暗，他最后的死，义无反顾又无比悲凉。又或许，他是某个先锋队的队员，冲杀在战场的最前面，他会吟诵着各种慷慨的诗句，鼓舞队员们的士气，和敌手同归于尽。他是在准备赴死的最后一刻，给方延的父亲写出那封信的吗？那封信，是不是也鼓动方延的父亲，后来做出几乎同样的事？方延甚至会想，后来人在历史书上看到的某些著名事件，背后会不会就站着曾在方延故乡的海边待过的这位先生？……

这些想象，总是让方延的夜变得无比漫长。他有时会冒出某个奇怪的想法，在海上漂荡的一百四十天，会不会反而是他内心最“简单”的日子？那时，他时时刻刻面临死亡，想的只有怎么活下去，任何其他念头全都得靠边站，人在那时，反而简单，反而更容易逼出生命的某些潜能——至少，坐在那从未有一刻静止的救生筏上，有好几回，他有了入定之感。不管是霞光铺满的傍晚，还是无星无月的暗夜，他都体验过那种极致的宁静，他没法讲清那是什么感觉，只是觉得，所有苦难和即将到来的死亡，并没有那么可怕。而那，也是父亲一直叮嘱他的，无论在什么样的境遇下，都不能把功夫落下，它们在关键时刻可以救命。

父亲是早已勘透命运的秘密了吗？

方延从望海堂的断墙走出，直抵海边，不过三百米，大海距离村子远比记忆中要近。根据堂兄方振成的说法，当年所有人都绕开不提的望海堂，近两年反而成了香饽饽，当年出资修建过这个学堂的村子，都争着把这块地基划归自己的村子。每个村都能列举出很多证据，说明这块地的归属——有的村子还因此发生了械斗。方延在海边站了许久，数十年来，哥哥没回来过，也不再有家书口讯，其在南洋的行踪已经不可考；他的二姐，感慨娘家凋敝，旁人话多，每次回来都听到“方家绝户”之类的风言风语，心有触痛，病逝前好几年，再没在娘家的村子露过脸；方延自己以后身葬异国，几乎也是板上钉钉的事了。计划中的探亲之旅，接近尾声。在一场家族之内的酒席之后，当着族人的面，借着酒劲，方延指着那少年时期的家说："我想把倒掉这间房的宅基地拿出来，交给我们族里处理。我爸我妈早已不在，我哥哥那么多年没任何消息，我现在也算是'美国人'了——这话好像不太好听，我终归是流着中国人的血，流着我们海南人的血——但要说我会回来把这块地用起来，几乎不太可能了……我若还有那么一两次回来看看的机会就很好了。所以，这一次，在我走之前，我想把这问题给解决了，不能把这变成一个遗留问题，以致以后争来争去，亲人反目。"

"我知道，依村里的习俗，谁家的房子也没人敢去占，怕人家的祖先还游荡在那里，即使给你住了也不吉利。但一旦到了那一天，地不够用，那可就是……所以，我甩手走了，就是给族里埋了一颗雷，不清楚什么时候要爆。"方延自口袋中掏出一张纸，"我写了一张委托书，现在当着大家的面，把这块地的处置权全权委托给堂兄方振成。成哥在我们家族里有威望，做事正直，我想，他一定能把这事处理好。"方延把摁着红色手印的委托书交到方振成的手中。方振成苦笑不已："你这不是给我挖坑吗？"方延说："是坑也得跳，不然以后你死我活，兄弟成仇人了……"方振成只好挺挺胸脯："首先，感谢阿延的信任，把这么重要的事委托给我。大家都看在眼里，这房子倒塌多年了，任它烂在那里，人家觉得这坏了风水，以为我们方家要绝户了。现在阿延主动提出来，那就容我们族里的户主商量商量，给出个方案，最后我来拍板。是要划分给族里居住条件最困难的，还是留着当作族里的公共用地，再商量看看。现在委托书当着大家的面交给了我，以后我拍板时，大家就不要争来争去了。反正，至少我可以做到，我不占任何一点便宜。”或许是酒后，大家都满腔热情，都跟着鼓掌与呼喊，没有反对的声音。

方延算是卸下了最重的一个负担。待方振成讲完坐下，方延又递过去一张纸条，说:“还有一件事，可能得慢慢来。前两天，您说我们方家的族谱，已经是十几年前修的了，按照以前的记录，我这一脉，到我这可就绝了后了。现在情况有变，我又活了过来，还有了后，我把儿孙名字都写在了这里，哪一天族谱重修，可得帮我把这一脉续上，也算我们方家人在海外开枝散叶。”说着说着，方延眼睛已然泛红，族谱重修，非一人一户之事，牵涉深广，他还能不能有机会在海外翻看那犹如链条一般绵延的族谱，是个未知数。方振成拍拍胸口，仰头灌了一口米酒，说:“你说，你在海上漂了那么久，后来，是怎么活下来的？又是怎么成了美国人的?”方延心头一紧，不知如何说起。

救下方延的，是一艘巴西的渔船，渔船返航，数日后返回巴西的北仑港。方延缺水少粮，身体已经逼近极限，陷入深度的安静，感觉到了祥和，重新有了记忆。在渔船上时，多个渔民围着他转，口中叽里咕噜，并非英语。后来他才知道，那是巴西人说的葡萄牙语。方延只能用手指比画了，幸好比画喝水、吃东西，全世界通用。那些渔民见他长发披肩胡须浓密，身体瘦小到几乎只剩下竹竿般的骨头，知道他已然在海上漂了太久，都好奇他到底经历了什么，尤其在发现他有着一副东方面孔之后。

在渔船上，方延的情绪波动极大，他有时长时间地静默，有时又狂躁起来，在船舷边眺望，不知道期待海里出现什么。渔民们的归航登岸之心，比方延还要急迫，他们太想第一时间找到能与方延交谈之人，好了解这背后的故事。登岸之后，北仑港接到渔船的消息，找来了一位懂英语的巴西官员，询问后发现方延并不懂多少英语，零星的几句常用语，说不出个所以然来。当然，倒也问出了他来自“China”。方延被安排在港口不远的一个医院观察就医。几天后，巴西那边竟然找来了一位华人，祖籍福建。听到熟悉的中国话，见到熟悉的面孔，方延泪水决堤。方延把经历一五一十说出，那位华人还找来了一张世界地图，按方延说出的费尔曼号出发地与目的地，盯着那片放大之后近乎无边无际的海域，无法想象有人能在那种情况下存活一百多天。

消息传开，很快，巴西的英国领事也来了——费尔曼号几乎悄无声息地失联了，现在听说它遇到潜艇的袭击，还有人存活了下来，英国方面也极为重视。在英国领事的安排下，方延曲折辗转，飞往伦敦。一路上，不知道是什么方面的人对方延进行采访，他讲得模模糊糊，翻译和记录的人也未必多认真，方延不知晓自己的事迹，会以什么面目被转述。接受采访时，他最心烦的一点就是，当他平和而坚定地说出一切的时候，那些西方记者总是满脸质疑，不相信一个中国人能在海上存活那么久——方延知道，那纯粹是人种上的不对等，是肤色上的歧视，不是他打赌发誓就能改变的。

他只觉得累。

到英国后，乔治六世国王接见过他，把他的不屈求生和与费尔曼号的合同，当作英国的民族精神加以宣扬，乔治六世还给他颁发了一枚英帝国奖章……方延特别恍惚：我一个中国人，怎么成为英国精神了？方延读不懂英文，后来才知道，英国的报纸把他塑造成从希特勒的攻击下逃出生天的英国勇士，希特勒吹嘘他强大的海上军队是无所不能的，可英国船上的一名船员，却以超凡的勇气和意志，冲破法西斯的恐怖死途——在正面战场上，世界人民最终也会击垮那邪恶的希特勒，在无边之海上，寻出一条坦荡的归乡路。再后来，出于对英国报道的回击，德国的一家报纸以嘲讽的语气报道说英国已经苟延残喘，只能靠着一个虚构的人物来建立虚假的勇气，这种虚假，最终将倒塌在德国的铁蹄之下。悲哀的是，即便有了各种嘉奖，英国方面也并未考虑给方延一个国民身份——他们需要他的经历，不需要他这个人。

有一次，一位前来探访他的华人带来了国内的一堆报纸，《申报》《大公报》《南华报》《甘肃民国日报》《滇西日报》《淮上日报》《国际新闻周报》等，上面都有关于他的事迹的报道。他随手翻开一张，标题为“一中国籍船员获英帝国奖章”，内容是：“(中央社伦敦十三日路透电)南大西洋英澳某船务公司的华籍海员方延于其所乘船只遭敌鱼雷击中后，改乘小船漂流一百四十余天之久……”后面他没细看，随手一翻，很明显，国内正忙于抗战，消息也不畅，关于他的报道，可谓各种各样的都有。有的报纸根据英文报道音译他的名字，还译错了，德国人没有说错，他在故国反而成了一个虚构的人。递给他报纸的那位华人说，他求生的事传回国内，在抗日战争吃紧之时，他铮铮求生的铁骨，激励了不少人的抗日热情。方延在那一瞬间，想起望海堂的先生，想起父亲，想起父亲那封沉入海底的信——自己算不算以海上求生的方式参与了“抗日”？英国的华人团体派人问询方延今后的打算：“今后，你想去哪里？”方延愣了，是的，去哪呢？其时中国境内的抗日战争正处于胶着状态，日本人来到海南后，行径极为骇人，父亲更以一封信断了他的归乡念想，他没法在此时回去。那位华人说：“要不，想想办法，你到美国去？”方延想起了此前有船员说起航船抵达纽约时，自由女神像的出现，会引起身体生理本能的震颤——那是一个新世界。方延清楚，那种感受很可笑，美国船员的见死不救更让他感受到了刺骨的冷漠与歧视，可在这个战事四起的世界，他没法拒绝那位华人的提议。

经过那个华人团体的斡旋，美国的中国领事馆想办法为他办了一个“临时旅游者”的签证，他据此在美国打工为生，可美国1882年就实行的排华法案使得他入籍美国的可能性比他从海上逃生的可能性还小。在美国打工期间，美国海军把他邀请过去，让他讲述在海上的种种细节，提升海军士兵的求生技能，那些美国大兵喝彩不止，鼓掌不绝，赞叹他故事讲得好，可眼里满是不相信。他不愿意去讲，又难以拒绝，因为那是收入，也有机会结识一些人，他不得不逼迫自己，一遍遍回想那段刻入骨髓的经历，他讲了很多，也隐藏了更多——比如说，他没法讲月光下的失控与癫狂，没法讲身体在极限状态下的幻象，没法讲内心深处的细微变化。1943年，在美国实行超过半个世纪的排华法案废除，不过，实际上每年允许入籍的华人名额极为有限。方延经历特殊，又结识一些手眼通天之人，经过快十年的折腾后，终于获得美国公民的身份。其间的种种甘苦，方延后来不愿再回想。

在这期间，唯一的安慰是1952年底，他遇到了后来的妻子。在一次唐人街的华人聚会上，主事之人介绍来宾的时候，不免又把他的经历拿出来渲染了一番，引来阵阵惊叹和欢呼。在熙熙攘攘的敬酒人里，他竟然碰到了从未想到的熟人——田华。端着酒杯的田华沧桑无比，方延愣了许久，不知是悲是喜，还是又悲又喜。此前任由别人怎么碰杯也仅仅一抿的方延，将酒仰头一灌：“是你？”田华说：“你在纽约的华人圈里，名声很大啊。听说这一次聚会你要来，我专门赶过来，真见到你了。他乡遇故知啊。”

方延百感交集，冒出一句："你来见我，要再卖我一次？"田华脸色尴尬，端着酒杯无所适从，好久之后，他说："你是这么看我的？假设一下，如果你不上船，留在香港，谁知道现在情况怎么样呢？我也是在香港沦陷前才逃了出来，晚一步就得死。"他明知八面玲珑的田华是在为当年把他卖到英国的"死亡商船"上辩解，但他也无言以对，或许因为田华已经是他早些年结识的唯一一个熟人了吧，他狠不下心。沉默许久，方延说："都过去了，都过去了，喝酒，喝酒。"

此后，田华找过方延几次，知道他已三十四岁，可这些年生活漂泊，一直是孤身一人。听说方延拿到了美国国籍，田华数次说起，说要给他介绍个女人。方延一直笑而不语，他想起了老家和他有婚约的女人，十几年了，浮皮潦草的几次暗中远看，记忆早已稀薄——甚至，连故乡的模样也在淡忘；更恐怖的是，父亲母亲的模样他也淡忘了。田华穷追不舍，要给他介绍对象的兴头一直不减，他只好把这心事说了出来。田华哈哈大笑："我当什么事，村里那婚约，你以为你守了十几年，人家也守着？"见方延脸色淡然，田华又说："就算你等着她，她也等着你……你真觉得还有可能回去？中华人民共和国成立三年了，美国还未跟其建交，你现在是美国人，你以为你还能回去？"这话一出，方延神色大变。田华长叹一口气："世事无常，我们有生之年，还能不能活着回国看看可不好说，难道你要一辈子孤家寡人？"方延的脸一阵红一阵黑。田华趁势追杀："不瞒你说，若不是你方延得到了新的身份，我不会把这个女子介绍给你。说得直接点，我把她介绍给你，你们成婚后，她有机会得到美国的身份。你别这么看我，好像我又在干当年那叛卖人的生意，事实上，若不是我相信你的人品，我不会把她介绍给你。她也是我们田家人，我可不能送羊入虎口。"方延仍是沉默，田华说："你知道她是谁吗？她是我叔叔田祝澜的女儿，我的堂妹。"听到"田祝澜"三个字的时候，方延浑身激荡——田祝澜？他的女儿？她怎么也到了美国？……

田华见他神情有变，知道搬出田祝澜有了效果，继续道："我这堂妹叫田瑛，她在香港沦陷前，跟我一起逃了出来。她当初也是去香港找我。当时，我们老家早就陷于战火，她从老家辗转逃出，还带着我叔叔的一些著作手稿——那些手稿是我叔叔一辈子的心血，他担心会在战火中成为灰烬，便让她带着，先去香港找我，以后太平年月，再想办法出版，他不能让他多年行走在土地上的考察心血，落入日本人手中或者被毁掉。田瑛在你上费尔曼号前就到了香港——你看，当时我没有把她介绍给你，我知道你们海员居无定所，每到一处港口就乱搞——可现在，不一样了。我和她也辗转多年来到了美国，我留在这里没问题，可田瑛如果没法解决身份问题，长久下去总不是办法。退一万步讲，我要帮她找个人也并不难，但我总觉得，你们可以先见面看看，或许你们有缘分呢？当年澜叔到海南岛考察，有赖你们父子一路保护，遍行山川河谷海岸，他写下的那本《海南岛行记》的手稿，田瑛也带出来了，你就算只是认识一下田瑛，看看她父亲那本跟你、跟你父亲关系极大的书上有没有写到你们也好啊。我有时想，你若跟田瑛在这海外成为一对，何尝不是这乱世里老天眷顾的奇缘呢？”

田华这一番话，几乎每个点都击打在方延的穴位上。方延本来以为自己早已跟故国、故土、故人全无联系，孤独地在他国求生，而此时，田华却说，他和那一切并未断绝，他仍旧和所有熟悉的记忆彼此交错。他不能不心神激荡。

方延后来和田瑛见面了。再后来，他在她带出来的田祝澜的《海南岛行记》手稿中，看到了少年的自己，看到了父亲和他的那根黑黝黝的木棍。这部手稿在讲述的开始有一段引言，说道：

> 列强觊觎中华久已，我国海岛屡被侵占，库页、琉球、台湾等，已在他国手中；尚属中华管辖之岛屿，不过海南、舟山、东沙西沙群岛耳，这其中，海南至为重要。琼岛地广人多，物产丰茂，明太祖即称其为“南冥奇甸”也……然其孤立极南之海，国人不知其风土情形。近年，美法日等国，不时遣人登海南岛，探究其岛势概况。日本有人于书中写道：“美国将传教士、

探险者派送至此，大做准备，但我日本至今未对海南岛有任何探察……”美之“大做准备”、日之唯恐掉队，其心其图自不必言，然我国人浑然不察，念及海南他日恐沦丧他人之手，吾心痛矣。余决心遍览海南，明其究竟，记下一路之行，供国人日后参考……

方延心中大恸，引言里的话，让他把田祝澜、望海堂先生和父亲三人的脸叠合在一起，那一瞬间，他分不清那三人谁是谁，他们是三个人还是一个人？父亲当年和先生深夜饮酒，父亲当年和田祝澜在野外深夜的篝火边对视，他们会谈什么？谈世道之乱？谈家国之心？谈对国家境况如此的心之不甘？方延心中羞愧而骄傲：羞愧自己没法跟这三位父辈一样，在国土沦丧之际，身处前线尽绵薄之力；骄傲自己于深海中不竭求生，也曾鼓舞过前线将士。方延神魂激荡，再看眼前的田瑛，就已不再是陌生人，而是共度生死的至交。方延嘴角颤抖，把自己在老家曾有的婚约告诉了田瑛，田瑛说：“我知道的，堂哥告诉我了……看来，不管怎么算，我只能是小老婆！”

数十年时光，恍如隔世，此刻，方延再次站在老家的土地上，堂兄方振成的发问，他没法回答，只能借着口中的酒，一点一点浇灌。本来，这一次，妻子田瑛也想跟他一道回来的，她甚至开玩笑一般，说让他带着她重走一遍他们的父亲当年行走的路程。方延最后还是决定自己先回来，年纪渐长的他，事事小心翼翼，觉得要先探探路——毕竟隔绝了快半个世纪，很多陌生需要慢慢消化和理解。

方延委托县里给他介绍了一位县志办的主任。方延的目标很明确，希望那位熟悉县志的主任，帮他找一找相关的消息。方延提出的大概线索是这样的：1939年7月，海南岛上关于日本侵华日军离奇死亡的记录。不一定是本县的县志，周边所有的县志都找一找。县里的县志办，亦有其他周边市县的县志存档，有了具体的日期和方向，查找起来，工作量倒也不算太大。两天半以后，那位县志办主任托人送了一张纸条过来，是从相邻的D县县志上查找到的一条信息。县志办主任的字并不工整，歪斜地抄着：

> 1939年7月底，本县××岭，侵琼日军遭遇大挫折。此岭本为日军的一个重要据点，他们已在此盘桓久矣，日军认为此岭有重要矿藏，准备在占领海南全岛之后，全力开掘。日军在此无恶不作，周边曾有两个村子被屠，惨不忍睹。日军的专家，已经在此勘探，拟作开采计划。7月底某日，此处日军据点却在一夜间折损二十多人。日军的死伤源自数声爆炸，周边村民后来回忆，有说听到四声轰炸，也有说听到六声的。日军在夜里

睡眠时间遇袭，遭遇重创，只余一些哨兵得以逃窜。轰炸的原因一直未详。

收到手抄的纸条后，天色已黑，方延在暗中静坐了许久，没有人知道他在想什么。第二天一大早，他拉上堂兄方振成，找县里要了一辆公安局的三轮摩托车，让熟路的警察带着，匆匆前往D县××岭，此时的路，要比当年跟父亲、田祝澜骑脚踏车的境况好多了，可仍然是颠簸的土路。曲曲拐拐快到中午，进入了一座山岭，方延心中一震，眼前的景象似乎有点熟悉，但也就一晃眼，熟悉感就消失了。方延心想，这里是否就是当年父亲带着自己和岳父田祝澜的途经之地？当年是不是就在这里遇到山贼，父亲让自己和田先生静坐，等着他去处理好了一切？那是多少年前的事……一眼望去，山林都差不多，哪有不像的？方延问驱车的警察："这里是××岭吗？"那警察摇摇头："差不多了，翻过这个岭，前面那个山头就是。"

抵达××岭后，方延问询了周边两个村子，也没法确定当年县志上日本人被轰炸的确切位置，时间久远，抹杀了一切痕迹。后来，终于有个颤颤巍巍的老者，指着村东头数百米的一快空地，说："当年炸死日本人的地方，大概就在这里。"再问，老者说："这个位置，当年是村里的一座祠堂，日本人来后，把这里占了，作为办公的场所，机枪弹药都放在里头，很多人也都吃住在里头。爆炸把这祠堂都炸平了。后来，村里的族人觉得此地被日本人侵占过，深感耻辱，重修的祠堂不能在原址上，迁到了别处，这里就空了下来。那一次一下子死那么些日本人，大家也觉得这块地不吉利，这里也一直没人用，村里的小辈只传说这里不祥，哪知道背后有这些事。”方延又问：“那些日本人被炸死后，埋哪了？”那老人沉思了好久，一直想不起来，他说：“出事那晚，我并不在村里，逃命在外，很久之外才回来的，记不太清，有说埋在山里一个凹地的，有说那边坡下挖了个坑的，清楚的人可不太有了……你问这个干吗？”

老者的发问，也是堂兄方振成的疑惑：“阿延，匆匆赶来这里，是要干什么？”

方延在那片空地上，用手指挖了两捧土，装到口袋里，不知道该怎么回答。他对开车的那位警察说：“我们回去吧。”那位警察莫名其妙被安排了这么一个活，特别不高兴，方延翻山越岭赶来，随便挖了两捧土又回去，回去跟领导汇报，都不知道怎么说。可他盯了一眼方延，见方延满脸严肃悲伤，不像是没事找事的人。三轮摩托在路上摇晃，几乎颠出了方延的泪水，他说：“振成哥，当初我爸，可能就是死在那个地方。”方振成大吃一惊：“什么？”方振成当年只知道，方延的父亲在某一天忽然就离家了，再未回来，而在离家之前，侵琼的日本人曾派人来找他。方延的父亲离家一年多以后，他的母亲也过世了。他母亲临终前，拿出了父亲的一些旧物，让立一座坟；而她的坟，则在旁边。可此刻方延在做出这么奇怪的举动之后，宣布他父亲的死亡之地可能就在那，令方振成惊骇又不解。

方延也在梳理自己的心绪，看怎么跟堂兄把这话说清。当年方延去香港之后，和父亲保持通信，多是一些家长里短的问候。而1939年7月底收到的父亲在月初写的那封信，却完全不一样，那封信，父亲让他看完立即烧掉，可他一直没烧，而是带在身边，后来，被层层包裹后，存放于一个铝制饼干盒内，最后随着费尔曼号一起沉入海底了。那封不长的信，他看过多次，已经会背了，后来随年龄渐长，怕会忘掉，他还把那封信默写了下来：

方延吾儿：

归琼念头，请速速打消。倭寇入琼，烧杀抢掠，此刻回来，无异送死。更何况，你母亲已于十天前病逝，为父已将其下葬。而我，也将去办一件与倭寇同归于尽之事，没法再回来了，你即便归家，也再没法见到。当年无知，曾带着日本人考察琼岛，海南岛上之矿藏资源，尽被日本人记录在案，一想到那年之行方便了日寇在海南的劫掠，我心中便悔恨莫及。这一次，日寇专家派人找到我，再次让我带路寻矿，这正是为父等待已久的赎罪之机。你哥去了南洋，你去了香港，我方家的血脉也算是未绝，为父再去做这事，也就义无返顾了。当年，你望海堂的先生北上，为革命捐躯，我不懂革命之理，却还有一点点中国人的血性。他们来找我，那就让他们有来无回。

诸事顺遂。此信阅后即焚，以免埋留祸根。

父　绝笔

1939年7月3日

父亲在信中说母亲已然病逝，而他又准备赴死，方延便断了回乡后路，一直往前冲。正是在四十多年后的这趟归乡之旅中，方延才知道，父亲写信时，母亲仍活着，而且是在父亲失踪一年多以后才过世的。也就是说，为了堵死他的归乡路，父亲在信中骗了他，虚构了母亲之死。回来的这些天，他去父亲母亲的坟墓看过四回，每一回，让他最心痛的，当然是母亲。当年父亲决意赴死，肯定和她有过商量——父亲果然一去不回。在她生命最后的那一年多里，日本人仍旧在海南岛上毁灭着一切，危险在时时逼近，而她作为一个孤独的女人，丈夫消失，大儿子在南洋毫无联系，小儿子在香港没了音讯，虽然外嫁的二女儿有时会回来看看，但她已经家里无“人”，再无期盼。她的心气全被折损，最后只能病垮，在那乱世里，被族人草草安葬。

——而他的这些猜测，跟堂兄如何开口？

三轮摩托在山路上晃荡，方振成一直等着方延开口，方延却闭上了双眼，抿紧了嘴角。没有人知道，这一刻的方延，回到了那一年，父亲第一次带着他出远门，他坐在脚踏车的后面，由父亲载着，颠簸晃荡，行走山川。午后，日光仍然强烈，但木叶遮蔽的山路上，凉风浩荡，草木所散发出来的浓郁气息，充斥着方延的鼻腔。在这一刻，方延特别想念妻子田瑛。他很后悔没有带她一起回来，后悔两人没有一起重走方延的父亲为田祝澜“规划”的那条路。

方延的探亲之旅即将结束，他将在后天一早，启程离乡，经历漫长的国际航线，回到妻子身旁。这一刻，闭目养神的方延，在颠簸的山路上如入定了一般。方振成怕他摇晃，要摔下车，忍不住要伸手去扶。方延觉得，过往所有的时光，在同一个瞬间袭来，又从他的身体穿过，这一刻，他刚哇哇坠地，又已是垂暮老者；他既在望海堂学诗，又在某港口登船；他既骑着脚踏车，又坐在摩托车上；他既在闷热的船舱中，又漂荡在风吹日晒的救生筏上；他既酒足饭饱，又饥渴难耐；他拥有了一切，又一无所获……摩托车缓缓下山，方延感觉心中所有的激荡、所有的边界全都消逝了，他的心外没有山、没有海、没有万物、没有“没有”……他如此宁静，时间逆流，他自老而幼，返回母亲的肚腹，返回万物的初始。

附记：海南有文昌籍先贤某某，少年赴香港，供职于英国人船上，后货船遇袭，其于海上漂浮一百多天，艰难求生，其事甚奇，国外亦有采写资料留存；然其在海南甚或文昌，知其人、其事者甚少。近年，海南省内文史部门有意整理其事迹，吾得阅散乱资料一二，心有所动，借其求生事，多加演绎，成此篇。